編集者からの手紙

Love letter

『週刊金曜日』と8年

山中登志子

現代人文社

編集者からの手紙

＊『週刊金曜日』と8年

この本を手にしていただいたみなさんへ

『週刊金曜日』でいろんな人と出会ってきました。
追っかけまわした手紙、くどいた手紙、お詫び……
何百通の手紙を書いて、出したことでしょう。
今回、紹介できるのはそのなかのほんの数十通です。
わたしのこだわり、そしてこの八年間を振り返りました。

『編集者からの手紙』＊もくじ

＊
装画＊エムナマエ　装丁・本文設計＊山口真理子
＊

『週刊金曜日』編集委員

＊

井上ひさしさま〈作家〉

拝啓

毎日、暑い日が続いておりますが、お変わりありありませんか。お手紙を書こう書こうと思いながら、日にちばかり過ぎてしまいました。

ご自宅にお電話させていただいたところ、〝こまつ座〟にまだ〳〵愛され続けていると聞きました。私、ずいぶん妬いております。

その〝こまつ座〟の公演『雨』で先週末は楽しいひとときを過ごさせていただきました。

今回の三時間もあっという間でした。

「やっぱり井上さんだ！」と思いました。

度をこした欲は人間をダメにしてしまうんですね。「そんなことは絶対にない」と友人に断言された〝罰があたる〟という言葉を思い出してしまいました。

今回はそれに加えて、井上さんが千葉でお話してくださった演劇の一期一会ともいうか、――劇場での出会い、その人の当日の状況、肘掛の鬩ぎ合い、取り合い等々を想いながら観

＊

劇もしておりました。隣りの親子（おそらく）はどういう状況で観劇しているのかなとついつい考えてしまいました。週末ともあって少々疲れがたまっておりましたので肘掛け闘争には積極的に参加しました。

ここ一カ月程ずっとすっきりしないことがあったのですが、『雨』の公演でそれが何なのかがわかりました。最近、心の底から笑ったことがあったかなということだったのです。「日本人は笑い下手だ」と言われているようですが、私もその中に入ってしまっているのではないかと。

笑いやユーモアは権威をもひっくり返す力を持ち合わせていると思われます。しかし、その笑いすら今では失われようとしているのではないか…そんな気さえしております。

『金曜日』の誌面についても考えさせられることであります。ここ最近何度か出席した編集会議で硬派週刊誌とはいえ〝かたい〟という言葉を耳にタコが出来るくらい聞きました。

文化的な要素が少なすぎるということもあるでしょう。それについて「善処する」というような常套句はいらないと読者は言うのです。

そこで井上さんにお願いしたいのです。

おすがりしたいのです。（言葉が適当であるかわかりません。申し訳ございません）

今、考察中の企画があります。

それは「日本人の笑いとユーモア」というテーマで井上さんと小沢昭一さんの対談が『金

9＊『週刊金曜日』編集委員

曜日』の誌面で実現できないか、実現したいということです。

読者が死ぬほど読んでみたいビッグ対談です。私もそうです。もちろん死んでしまったら読めずに元も子もないのですが――。

この件、何とぞご検討下さいますようよろしくお願い申し上げます。

どうぞ〳〵よろしくお願い致します。

本日はもう一つお伝えすることがございます。

今週発売の『週刊金曜日』(七月一五日号)に丸谷才一さんの『女ざかり』の翻訳(独訳)を断ったドイツ人ユルゲン・シュタルフさんの原稿が掲載されます。前掲載時のお話を先だって伺っておりましたので、会議で掲載が決定した時は複雑な気持ちがしました。私が担当させていただきました。「本多勝一編集のページ」になっております。この件につきまして何かございましたら私にお申し付けください。

『東京人』の記事、興味深く拝見しました。

政治を他人事のようにテレビで見物してすませているのではなくて――というご指摘には頭が下がります。

長々と書き綴ってしまいました。

是非お目にかかりたいと存じます。ご無理でしょうか。

暑さも本番です。お身体は大切になさって下さい。

敬具

一九九四年七月一四日（木）

＊

これってどんな手紙？

『週刊金曜日』の編集委員だった井上ひさしさんに、本誌に登場してもらいたいと追っかけをはじめました。手紙を出しはじめて二カ月くらい経った頃のものです。それまで和多田進編集長（創刊当時）が直接、担当していたようですが、本多勝一さんに編集長が代わり、担当に立候補しました。

小沢昭一さん（俳優・演出家・芸能研究家）とのビッグ対談企画は、小沢さんが引き受けて下さるところまでいっていました。いまでも、ぜひ、おふたりの対談は読みたいです。丸谷才一さん（作家）と井上ひさしさんとの仲も聞き、編集長は本多さんでかわらないのに〝治外法権〟的意味を込めて「本多勝一編集のページ」でお願いしたことも書いています。

一筆申し上げます。

北九州ではたいへんお世話になりました。

ありがとうございます。

いろいろご無理も申したかと思います。

お礼をいったり、お詫びをいったり、申し訳ありません。

私にとって、とっても欲張りな四日間でした。

お話を伺い、井上さんと「金曜日」の距離は、五月に初めてお会いしたときと変わっていらっしゃらないと思いました。

三点あったかと思っています。

ひとつは、こまつ座の一〇周年にあたり、新作の執筆にあたり、たいへんお忙しいということ。これについては後でのべます。

読者の声で「井上さんは文春や新潮に登場しているのに……」という声を聞きます。もちろんそうなんですが、私個人の考えとしては「金曜日」はあくまで新参者の雑誌であると思いますから、少々（ずいぶんかもしれません）違うのですが、そこ点を「金曜日」の読者に伝えるのはとても難しいのです。井上さんのファンの大半は『朝日新聞』のあの「金曜日」の全面広告を見て、購読を始めた方々です。ファンという点では変わってはおりません。

「井上さんは編集部にどれくらいの割合でこられるのか？」という質問もあります。事実、うちの母もそう思っていました。お笑いにならないでください。これも現状です。私もあの全面広告を見て、購読を申し込んだ一人です。それが、今度は送る側の立場になりました。あのまま一読者だったら、きっと〝こうるさい〟読者のひとりだろうなと思っています。たとえば、『毎日新聞』の対談を読み終えても、一ファンだけに浸かってばかりいられません。すぐに我に返ってしまうのです。井上さんの一読者・演劇ファンに撤することができれば、少しはらくになるかもしれません。もちろん、それを望んではいません。

山形での生活者大学校に参加し、『『毎日新聞』の水落さんのお話をお聞きし、これは足元にも及ばないな」とずいぶん落ち込んで帰りました。

でも、私の場合、落ち込んでも立直りが早いですから——。よく泣きますが。

「金曜日」という会社・編集部に属することで、「金曜日」の名刺一枚で、ふだんだとお会いできない方々にも会うことができます。今回の小倉でもまったくそうでした。

ときどきこれは仕事ではないのではないか。これでお給料もらったら申し訳ないなんて考えることもあります。これらは私の力ではもちろんありませんし、そこの点は履き違えてはおりません。「金曜日」というどえらいことをやった雑誌(まだ、充分ではありませんが)、「金曜日」の編集委員の方々の力です。

正直なところ、井上さんに名前を覚えていただいたことでも、とってもうれしい限りです。そういうことは、なかなかありません。

「金曜日」に入社して、ちょうど一年になろうとしています。

今年に入って、社内でもいろいろなことがありました。

今回、いままでの社内の出来事もお話する気持ちでおりましたが、井上さんの「噂は信じない」ということばを聞き、私の先走りがあったと、おおいに反省しています。恥じております。

本多さんのもとでのいまの状態が、最善だとは思っていません。私は編集長しかり、社長しかり、早く一編集委員の立場にもどっていただきたいと思っています。

それには私たち編集部の力が足りていないということがあります。それと今までの問題点が山積みの状態であり、現実問題として、いまこの状態をまとめていただくには本多さんしかいないというのも事実だと思います。それほどの状態に「金曜日」があります。その中で、いちばん不向きなことをやらされている（と私には見えます）、それも編集部のみんなの意見をききながらです。

井上さんは本多さんの特色を出す「金曜日」にとおっしゃられましたが、私はそれを望んでいません。この点も繰りかえし申し上げておきます。

私は入社あと組でしたので、混乱真っ只中の状態には遭遇しませんでした。「金曜日」の理念と職場環境のギャップがあれだけあるなかで、よく雑誌が作られていたなと思うと、すごく不可思議なことだと思います。

今でも残念に思うのは、和多田さんはみんなと正面からぶつかって欲しかったと思います。話し合いもせず、挨拶もなく、フェイドアウトという形をとられました。これを美学だと私は思っていません。

新しい会社は何かとたいへんなこともありますが、ふつうだと経験できないこと、たとえば、組合の出来る過程に接するなど、貴重な体験ができたと思っています。

社内もとても明るくなりました。お互い距離をおいていた仲間もずいぶん近くなったなあと思います。もちろん、さらなるものを要求するのがヒトの常でありますが。

これからのことが大切だと思っています。

「金曜日」の発起人であった和多田さんの尽力は並大抵なことではありません。和多田さんが井上さんの心を動かしました。しかし、その和多田さんの後には、井上さんのファンがいました。その代表だったと思っております。

また、井上さんが「金曜日」にとって、大切な人であると思った発起人、灯をともした方だからこそ、これからの「金曜日」にとって井上さんの大切さ、お力はわかっておられると思います。和多田さんの心は井上さんを「金曜日」の編集委員にといった最初の気持ちとは変わっていないと私は信じています。

「全面広告」を見て「金曜日」に賛同し、井上さんの創刊のことばに感銘した人たちを力を、どうか忘れないでください。

ご多忙ということと、大江さんと本多さんの関係とは別にこの点はどうしても消化できないのです。

演劇ファンのひとりとして、井上さんに惹かれた私としては、文学の知識は到底足りていません。不勉強な点があります。

××××にいらっしゃった××さんと「金曜日」で一緒に働くようになり（現在、××さんの班に私と××もいます　C班です）、いろいろ勉強させてもらっています。

大江さんの断筆小説宣言に続いて、NHKのテレビを拝見しました。広島での「灯籠流し」の話など、何といってよいのかことばが出てきませんでした。日々の暮らしの中での一部分にすぎないでしょう。番組内で決して言いつくせることではないことだとは思います。

お姉さまに何かあれば、本多さんは長野にすぐに帰郷されます。先だってもそういうことがありました。

本多さんご自身も「そうだから」というのではありませんが、本多さんの場合「与えられた家族」、大江さんの場合「与える家族」の中に身障者の肉親がいらっしゃるということ。同じ家族ですが、そこの点は大いなる違いだと思います。

もちろん、書かれる対象も大江さんと本多さんでは違います。

本多さんに対して、私はイエスマンになるつもりはありませんが、この件に関しては私自身もまだ、よくわかりません。中途半端な状態で申し訳ありません。

「金曜日」誌面のご意見をお聞きできたことは、とても貴重なことでした。御礼申し上げます。

また、お会いして、井上さんはやはり「金曜日」に必要なんだとますます確信してしまいました。これはとても嬉しいことです。今後も企画を考えていきたいと考えています。だからといって、もう、会わないとおっしゃらないでください。

個性のある方々が「劇作家協会、および大会」と集うことができたは、井上さんや別役さんの人徳だと、皆さんが口をそろえておっしゃっていました。参加してみて、私もその通りだ思いました。

斉藤憐さんから「若手も井上さんや別役さんと比較したら、甘えがある」といった優しさの中にある厳しいことばを聞きました。井上さんがおっしゃった「若い（劇）作家のみんなを！」ということはまったくそうであります。私はすばらしい大先輩から学び、井上さんに続く若手の作家、宝物を掘りあてたいと思います。

レセプションで岡部耕大さんの直筆色紙をいただきました。（私がくじ運がよいので、××にモンブランを絶対当ててお土産にといっていたんですが――）

「夢」という色紙を改めてじっと見ています。

井上さんから御原稿をいただくこと――一緒にお仕事をさせていただくこと――私の夢です。

17＊『週刊金曜日』編集委員

夢は夢で終わらせず……

一緒にお仕事をさせてください。

私はどうもあきらめが悪い性分なんです。

とにかく思い出深い四日間でした。

ここからは一線をひきまして、「金曜日」とは関係ありませんので、ご安心ください。それもちょっと違うかもしれませんが。

今回、北九州で劇作家の皆さんにお会いし、〝戯曲〟の面白さをいろんな方に伝えることができたらと思いました。「公開討論会」という企画に出席させていただき、思ったことでもあります。

戯曲がなかなか取り上げられないのは、もちろん編集者の勉強不足もあると思います。これは私自身にいいきかせることにしまして。「読んで、観て」と二度おいしい〝戯曲〟をぜひ、劇作家協会でぜひ出版していただきたいと思っています。

それは劇の紹介というよりも〝戯曲〟中心の読み物です。劇作家という同じ仲間からの発行ということもあり、出版にあたって、予測されるいろんな問題はあると思います。

いずれ企画書を提出させていただければと思っております。

とりとめもなく、考えたことを綴ってきました。

九州から帰ってくると、こまつ座の『黙阿　オペラ』の案内状が届いておりました。こまつ座の熱愛から解かれる日を待ち望みつつ、舞台を楽しみにしています。

いろいろなお願いをしてしまいましたが、演劇ファンにすてきな時間を与えてほしい、与えてもらいたいという思いが先にあるのはいうまでもありません。その点、お伝え申し上げます。

初日、幕があがる来月の一四日は、劇作家協会の山本さんたちと一緒に観劇する予定です。北九州での出会いを大切にしたいと思っています。

これからもどうぞよろしくお願いいたします。

ずいぶんすごしやすくなってきましたが、ご自愛くださいませ。

かしこ

一九九四年一〇月一〇日（月）

＊

これってどんな手紙?

北九州で開かれた「日本劇作家大会'94」に四日間、井上さん（大会委員長）を追っ

19＊『週刊金曜日』編集委員

かけ、東京に帰ってきてから出した手紙です。この北九州ではいろんな劇作家の方にお会いすることもできました。事務局をしていた山本裕子さんとの出会いも忘れられません。

井上さんに『週刊金曜日』のことを聞くこともできました。

①「金曜日」は重いですね。ハナキン（週末）に届くのに、心が暗くなるような話題が多い。たとえば、この間の宮沢りえさんの京都での「自殺報道」にしても、当人や勘九郎のところに行って、話を聞くといいですよ。本人たちは何か言いたいことがあるんだから、それを引き出していく。人を出す。自分だったら、まるごと一冊「インタビュー記事」にすると思いますね。

②自分だったら、最初から最後まで「笑い」を持って構成していくでしょう。まあ、私がいま四十だったらの話ですけど……。

③もう私ではなくて、次の世代の人を捜しなさい。私はあともう数年しか書けないんですから……。

④『全共闘世代』という本を読んでもわかるけれども、本多さんのファンが非常に多いんですよ。これはすごいですよ。今こそ「本多イズム」を思いっきり出して、本多さんの思うような本、誌面づくり、編集をあなたがた編集者がやっていかないと。

そんなお話を聞き、わたしも困ってしまいました。

青年団の平田オリザさんに金曜日のこと、井上さんのことを話したうえで聞き手をお願いし、大会中、いわば強引にインタビュー時間をとっていただきました。そして、それが創刊一周年の号で、井上ひさし「いま、『演劇』を語る」となって掲載されました。井上さんが、金曜日のために登場した記事は、創刊の弁とこの企画だけです。


前文ごめんください。

御原稿ありがとうございました。

ご執筆中のお忙しい最中にお時間を割いていただきまして心より御礼申し上げます。こまつ座の方々を始め皆々様にご迷惑をおかけしたのではないかと恐縮致しております。

御原稿をいただいた後、井上さんのお気持ちを本多さんよりお聞きしました。脱稿後、お時間ができましたら、小倉で井上さんからお聞きした誌面づくりについて具体的にお話できればと思っておりました。

御原稿をいただけたうれしい気持ちとは別にせつない思いでいっぱいです。

どのように申しあげたらよいのかわかりませんが、たとえば大江さんのノーベル賞受賞の企画につきましても編集部でも議論しました。××さんと文学論で話が盛りあがりました。「金曜日」として現在にいたっているのは、正直なところ、本多さんの存在はやはり大きいと思います。

そういう意味でも井上さんのお気持ちもわかるのですが…。

絶対的なセクト主義はとっておりませんが、本多勝一編集長のもとでは難しいのではないかと思ったのは事実です。すぐにご相談させていただければよかったのかなと今さらながら思っています。私の足りない点です。

以上はあくまで一例です。

本多さんも私自身も早急に望んでいることですが、一編集委員のお立場に本多さんが戻れば、井上さんのお考えも違ってくるのかなと思ったりもしております。

編集委員の皆さまへ、××さま（私は面識がありませんが）からお手紙が届いたとのことですが、その件も誤解があったようです。その誤解はとけたとのことですが、以前、社員が解雇させられた件も本多さんによるものだと思われたりと、ある事柄が本多さんの名のもとで行なわれたことになったり、誤解を受ける方だなあと思っております。余計なおしゃべりだったかもしれません。申し訳ありません。

どうも動揺しており、いつもにまして支離滅裂な文章になってきました。

また改めてお手紙を差し上げたいと思っております。

いろいろな意味でよりよい方向にむかいますよう望んでおります。

今回、井上さんが「金曜日」に登場してくださったことを編集部、社員一同喜んでおります。もちろん読者の皆さんもそうだと思います。

ありがとうございました。

舞台、楽しみにしております。

草々

一九九四年十月三〇日（日）

＊

これってどんな手紙？

加筆訂正された原稿の手直しと一緒に、本多勝一編集長あてに井上さんの直筆メッセージがＦＡＸで届き、その話を聞いて出した手紙です。本多さんへの手紙には、本多勝一愛読者の一人であること、大江健三郎さん（作家）や丸谷才一さんの仕事を尊敬していること、大江さんと本多さんの間でハラハラしていること、執筆で多忙なことなどの理由で編集委員を辞めるしかない井上さんの思いが伝えられていました。また、ちょうど創刊一周年号の発売日に『黙阿彌オペラ』の公演（十一月十四日初日）が順延になった案内をこまつ座から受け取り、とても複雑な思いがしていることを井上都さん（こまつ座代表）に手紙を出しています。その年の三月にも公演が中止になっています。

一筆申し上げます。

お手紙を頂戴していながら、お返事も差し上げないまま時ばかりが過ぎてしまいました。何度も何度もお手紙を読み直しました。せつなさも募り、この一週間どのように気持ちをお伝えしてよいものかと悩んでおりました。なおかつ『黙阿彌オペラ』の興奮も覚めやらぬうちに、流行の風邪にずいぶん好かれてしまい、重ね重ねご無礼いたしました。申し訳ございません。

〝無責任だった〟というようなことはどうかおっしゃらないで下さい。

お気持ちを知りながらも無理難題を申しあげ続けたのは私どものほうです。

想像以上に永らく金縛りの状態にさせてしまっていたようです。

こまつ座の皆々様にも右同じく心苦しい限りです。

私は『週刊金曜日』で井上さんに出会えたことをうれしく、誇りに思っています。

この気持ちは変わりません。

いろんなことを学ぶことができました。

これからも心が乾ききらぬよう「金曜日」を育てていきます。

ありきたりの言葉になってしまいますが、ありがとうございました。

そしてこれからもどうぞ力になって下さい。

今後もご一緒させていただきたい企画もございます。少々困っていただこうかなと思っております。金縛り地獄ではもちろんなくて——。

どうぞよろしくお願い致します。

立春が過ぎたとはいえ、寒さが続いております。お身体は大切にして下さいませ。

またお会いできる日を楽しみにしております。

かしこ

一九九五年二月十三日

25＊『週刊金曜日』編集委員

＊

これってどんな手紙？

井上さんから速達書留で手紙（二月一日記）が届きました。『黙阿彌オペラ』初日の観劇時にお贈りした花束のお礼、大江健三郎さんの全作品とその生き方を丸ごと敬愛していること、本多さんの仕事にも長い間、尊敬の念を抱いてきたことが書かれてありました。そして、大江さん批判が載る雑誌の編集委員はできないということ（前年十二月、本多さんが『貧困なる精神』で「大江健三郎の人生」を連載）、この手紙をもって編集委員の席から退きたいとありました。この井上さんの手紙にデスクが返事を出しています。

そして、一九九五年三月三十一日号まで編集委員を引き受けていただき、四月七日号から表紙などから名前をはずすことになりました。「編集委員辞任の弁」の原稿をお願いする手紙をこの後、数通ほど出しています。

また、「一寄稿家として働かせていただきます」と手紙にありました。『週刊金曜日』の一編集者として井上さんとぜひお仕事をしたく、いろんな企画を考えて今度は違った〝金縛り〟の原因をつくろうと意気込んでもいましたが、やはり井上さんからいただいた手紙が当時、ずっしり重たかったです。そして、以後、わたしは執筆などの依頼をしないまま過ごしてしまいました。

＊＊

わたしが見た井上ひさしさん

当時のわたしは、井上さんの著書をはじめ、芝居、雑誌など登場しているものを見落とさないようにチェックしまくっていました。芝居好きもあって追っかけた一年は、『頭痛　肩こり　樋口一葉』『雨』『父と暮らせば』『黙阿彌オペラ』と、こまつ座の舞台はすべて観ました。「ひょっこりひょうたん島」（原作&脚本＝井上ひさし・山元護久）の録画ビデオを伊藤悟さん（すこたん企画）から借りて、はまっていたのもこの頃だったと思います。

一年間、井上さんに「片道ラブレター」を送り続けました。今回、紹介したのはほんの一部。たとえば、創刊一周年、伊豆への社員旅行のお誘いの手紙。社の引っ越しの様子を伝えるイラスト入り手紙。福井・富山での編集会議に参加した直後、読者の声を伝える手紙。山形・生活者大学校参加の感想の手紙。「差別表現に関するシンポジウム」の感想の手紙。寄せ書き。山形・花笠音頭ミュージックつき年賀状……。井上さんのお米の講演会（千葉コープ主催）を原稿にまとめて、鎌倉のご自宅のポストまで直接、届けたこともあります。食管法の改正が農水省の方針で臨時国会に提出されることになったので原稿を依頼。「私の青春映画大放談」と題して編集委員の筑紫哲也さんと対談企画。韓国・劇団木花主宰者の呉泰錫さんと「日韓の演劇の現在」をテーマにした対談企画。「ジャーナリズムの現在と『週刊金曜日』」の執筆依頼……。すべて実現しませんでした。

辞任されてから、ときどき、場所場所でお会いすることがありました。井上さんの新作の舞台は必ず、出かけています。笑いあり、人情あり、何らかのメッセージが必ず含まれているので、それを感じたいと思っているからです。

二〇〇一年五月、菅野静枝さん（A級戦犯・広田弘毅元首相のお孫さんと結婚され、現在、全国の首長に会う反戦行脚の旅を続けている女性。「個に生きる」で登場）と芝居好きの友人とで、新作『夢の裂け目』を観劇しました。東京（極東国際軍事）裁判をテーマにした芝居というのもあって、菅野さんをお誘いしました。すると、列に並んで当日券のチケットの順番待ちをしている井上さんに偶然、お会いしました。すっかりご無沙汰状態でしたが、名前も顔も覚えていていただいてとてもうれしかったです。

井上さん直筆で書かれた「むずかしいことをやさしく　やさしいことをふかく　ふかいことをゆかいに　ゆかいなことをまじめに書くこと」のすてきなことばは、机の前に貼りつけています。これからも大事にしたいメッセージです。

＊＊＊

そのほか、辞任された編集委員

石牟礼道子さん（作家）は創刊当初、編集委員でした。対談企画で牛久（茨城県）

にある住井すゑさん（『橋のない川』の作家、一九九七年死去）のところにご一緒したのは大切な思い出です。『浮上浄土——わが水俣病』はやはりすごい本です。辞任とはちょっと違いますが、久野収さん（哲学者）が亡くなられたのは一九九九年二月のことでした。もっと、いろいろジャーナリズムのことなど学びたかったです。静岡のわさび漬けが毎年、久野さんから会社のみんなに送られてきました。辛淑玉さん（人材育成コンサルタント）と直接、お会いしたのは四回ほどです。二〇〇〇年の編集委員講演会、編集部の企画会議に出席されたとき、そして「オカマ」表現をめぐって編集部に来られた二回です。いま、遅ればせながら著書を読んでいます。

＊

落合恵子さま〈作家・クレヨンハウス&ミズ・クレヨンハウス主宰〉

謹んで一筆申し上げます。

〝メディアと政治〟の鼎談では大変お世話になりました。

ありがとうございます。

今日は小誌の編集委員にご参画していただきたく、お手紙を書いている次第です。編集委員に女性を迎えたいという要望は読者や編集委員だけではなく編集部としてもかねてから抱いておりましたが、今日にまでいたってしまいました。小誌には編集委員に随時ご執筆していただく以外に、「編集委員の編集ページ」という企画があります。ご希望のテーマについてご本人や執筆者を選んでいただいて書いてもらう（対談等も含む）ページですが、ぜひそこでお願いしたいテーマがあります。「共生」にこだわっていけないものかと考えております。男女の共生、子どもと大人の共生、等です。

女性問題に関して申し上げれば、大学時代に少々かじっていたのですが、（今、思うと頭でっかちだったと思っています）社会人になってからは男がどうだとか女がどうだとか言っ

＊

ているのはださいんじゃないか——という思いがしていました。しかし、最近の女子の就職にしても、まだそういうことは言えない、まだまだだなと痛感しています。私からみれば、社の男性の中にも喝をいれたい人がいます（笑）。

「性の商品化」は、金曜日でとりあげてみたいテーマのひとつです。言葉狩りや教育問題など、ご一緒にお仕事をさせていただきたい企画がたくさんあります。編集部には落合さんのファンが多いので担当者を決める際には競争になりそうな雰囲気ですが——。

今から十年以上前のことになるかと思いますが、高校生の時、私の故郷で落合さんの講演を聴講する機会がありました。その時のことで今でもすごく記憶に残っていることがあります。女性は年齢については何かと隠したり、さばを読んだりすることがありますが、「生きてきた路だから私は年齢を隠さない」というようなことをおっしゃられたかと思います。そういう生き方ができたらと思ったことを覚えています。今はつくづくそう思っています。昨年末の『週刊読売』のフォトグラフにも感じられました。

創刊して一年以上が経ちました。試行錯誤もありました。編集や企画にしても足りない点や勉強不足な点等、今後の課題も多分にありますが、もっともっと問題点を掘り下げ、編集につとめていきたいと思っております。

どうか〝金曜日〟の力になって下さい。どうぞ〳〵よろしくお願い申し上げます。三月とはいえ寒さも続いております。くれぐれもご自愛くださいませ。

31＊『週刊金曜日』編集委員

乱筆、乱文申し訳ございません。

かしこ

一九九五年三月十二日（日）

＊

これってどんな手紙？

『週刊金曜日』の新編集委員になってもらいたいと、本多勝一編集長（当時）が落合さんをクレヨンハウスでくどいた直後、個人的に出した手紙です。はじめての手紙になります。いま、読むとかなりかたい手紙だと思います。

四月から落合さんは新編集委員として登場され、手紙にある通り、希望して担当編集者になりました。金曜日とさよならするまで担当者を続けてきました。連載エッセイ「犬の遠吠え　花に風」以外に、性暴力、ジェンダー、人権と報道、老いなどをテーマに企画し担当してきました。

＊＊

わたしが見た落合恵子さん

すてきなフェミニストの先輩であり、大ファンです。落合さんが考えるフェミニズムとは、「それぞれの個人が、性別や年齢、国籍、出生、肉体的・精神的状況等、諸々の状況や条件によって分断されたり差別されることなく、『充分にわたしを生きる』ための考えかたと、その実践、生活化」。そして、フェミニズムが苦手だという男性に、「フェミニズムは女性とともに男性も解放する。男性へのラブレターである」というメッセージもおくられてきました。これを聞いてなるほどと思いました。また、落合さん自らがいう「倒れる前のずる休み」をわたしは実践してきましたが、ご本人はいつも突っ走っている感じです。行動する作家です。

東京・表参道にあるクレヨンハウスはわたしも落ち着ける空間です。子どもの本売り場で何冊、元気になる絵本を買ったことか。そして、ジェンダー関連の本も豊富です。地下にあるオーガニック食材のレストラン「ＨＯＭＥ」と「広場」もお気に入りの自然食レストランです。そば粉のスパゲティをいつも注文しているのはわたしです。

▼クレヨンハウスホームページ　http://www.crayonhouse.co.jp/index.htm.

33＊『週刊金曜日』編集委員

＊

本多勝一さま〈新聞記者・探検家・薬剤師〉

あけましておめでとうございます。

昨年はいろいろとありがとうございました。

早々から一騒動あったりでたいへんな年明けでしたが、「金曜日」もよい方向にすすむことになりよかったなと思っています。もちろんそのことでご無理も申しました。やはり本多さんでなかったらここまでまとまらなかっただろうと思っています。まだ問題点は残されていますが、今年は本多さんを拘束せずにすむように自助努力もおこたらないつもりです。

九四年は思い出深い一年でした。

本多さんのお名前を最初に目にしたのは教科書（カナダ＝エスキモーの箇所）だったと思います。「とてつもない人がいるんだなあ」と思ったその人のもとでお仕事をさせていただくことになるとは思ってもみませんでした。これは滅多にない機会です。今年はさらにおもしろい仕事をご一緒させていただきたいと思っています。一ファンとしましても、とにかく早く書き手のみにもどっていただけるよう心してやっていきます。

＊

昨年のいちばんの収穫はいったん手放した編集の仕事を続けていこうと思うようになったことです。天職とはまだいえませんが、この仕事はおもしろい、これはひょっとしたら仕事とはいえないのではないかと思ったりもしました。心に余裕がないこともありましたが。編集者は〝演出者〟であり、〝黒子〟であると私は考えています。今後はイイ著者を見つけていきたいと思います。これは昨年できなかった点であり、反省点です。またもっと元気よく！　どうもデスクの皆さんのパワーに押され気味ですから――。

伊那谷でのお正月は今年も議論で始まりましたか。私は今年のお正月は東京で迎えました。〝のんべえ〟がお正月に集まるととてつもないことがおこります。これはご想像におまかせしまして――。

年末にお酒を頂戴いたしましてありがとうございました。逆にお気を遣っていただくことになりまして恐縮しております。

でもとってもうれしかったです。記念にずっととっておくこともお酒を少々たしなむ者としてはできず悩んでしまいますが、新年早々に仲間とぱ〜っとやりたいと思っています。

今年もお酒はやめられそうにありません。そして今年はイイ仕事をしようと思っています。いえ、します。かな。ついでにイイ男もつかまえたいと思います。ひょっとしてこっちのほうが大切かもしれません。

本多さんには今年こそはう〜んと山にも登っていただき、恋愛小説の続きもぜひ〳〵執筆

35＊『週刊金曜日』編集委員

していただくという欲張りなお願いをしたいと思います。

まずは悩み相談で私の悩みでも聞いていただきまして、困っていただこうかなと思っています。

今年は本多さんにもっともっと惚れこみたいと思いますので、どうぞよろしくお願いします。

とりとめもなくなりそうなのでこのへんで失礼します。

くれぐれもご無理はされませぬように。

かしこ

一九九五年元旦

＊

これってどんな手紙？

元旦に書いた年賀状です。創刊して数カ月で、和多田進編集長から本多さんに編集長が代わり、めまぐるしかった一九九四年でした。井上さんと本多さんの間で行ったり来たりした状態だったのもこの年でした。

入社当日、「こんな会社、いますぐ辞めたほうがいい」と編集部員から言われ、へんな会社だなと思いましたが、本多さんが編集長をするということは滅多にないこと、本多編集長の下でもう少し、働いてみようと思いました。また、〝ホンカツ教〟というものはなんだろう？　と不思議がっていた頃でもあります。

お酒の話が出ていますが、飲みに行って本多さんがわたしのことを紹介するとき、「彼女は蟒蛇《うわばみ》だから」と言います。たしかに、酔っての間違いはいまのところなし。

これはうちののんべえ一家に遺伝しているのでしょう。このときは、福島のお酒をいただきました。いまの本多さんの好きな日本酒は、わたしの故郷・山口の獺祭。

これがかなりいけます。

悩み相談の企画は、誌面で募集したものの当時のわたしの力不足で誌面化できませんでした。編集委員の佐高信さんにもお声をかけていて、おわびの手紙を出しています。


おはようございます。

本日、『金曜芸能——報道される側の論理』が発売になります。わたしとしては、編集者としての集大成かなと思っています。いろんな人に読んでもらえればなと思います。

ブックレットができたらその後、どうするかを考えようとずっと思っていました。この週末、これからのことなどいろいろ考えましたが、発売日の本日、退職届を出すことに決めました。明日、役員会もありますのでそのときにも話したいと思っています。8年間、(株)金曜日という組織に在籍し、『週刊金曜日』のことを考えて編集してきたと思っています。編集者としていろんな方と出会え、多方面の経験もできました。ここでの経験はこれからのわたしの生き方にとってプラスになることでしょう。それにしても、すっかり古株です。本多さんをはじめ黒川さんのもとだからこそ、組織苦手なわたしも働き続けることができました。『週刊金曜日』も大切ですし、わたしの生き方の大きな存在のひとつともなってきましたが、これからの自分の生き方をもっともっと大事にしたいと感じるようになってきました。

このままこの空気の組織にいることは、わたし自身、わたしらしさを失っていきます。もっと、自由ななかで自分でできることを自分の手でやりたいと思います。一緒に働きたいと思う人が何人も去っていったことも大きな要因です。人の流れ、人事で組織もかわりますので、『週刊金曜日』にとってよりよい方向に向かうようにと思っています。

先週、お時間をとっていただいたときはどちらかといえばまだ、思考ストップ状態でしたが、以上の気持ちに落ち着きました。年内をめどにして、その後、すこ〜し充電して次へとステップアップしたいといまは考えています。ジャーナリズムの世界にいるかどうかも、いまは考えていません。本多さんがこれからやっていきたいこと、やろうとされていることなどについて、わたしにできることがあれば応援していきたいという気持ちに変わりはありません。

以上、すべてを黒川さんらに伝える気持ちはありませんが（飲みやの話などは内緒にしておいてください）、なんだかすっきりした気持ちです。

2001年10月23日（火）

＊

これってどんな手紙？

退職届を黒川宣之さん（現編集長&社長）に出した日に本多さんにあてた手紙です。わたしは上に立って束ねる能力が欠如していること、そういったキャラクターでもないので、まわりの皆さんもたいへんだったと思います。「経験してみないとわからない」と言われ、編集長代理まで経験しましたが、とにかくつらい、つらい。そして、企画委員になりましたが、それ以上に組織でのもどかしさを感じました。株主総会でも「役員として適任か」と聞かれ、その通りだなと思いながら一年ちょっと経営者側も経験しました。

組織苦手、わがままなわたしが、金曜日で八年間も在籍できたのは黒川さんの存在が、とてもとても大きいです。ついでに声も大きいです（笑）。ストレートすぎるところもありますが、金曜日で信頼できる人に巡り会えたと思っています。感謝、感謝です。

退社後、やりたいと思ってあたためていることはいくつかあります。四国遍路もしたいし（信仰心はまったくなし）、久々に日本以外に出てみたい。大学時代、行かなかった家庭科の教育実習にも行きたいし、その後、できれば「買ってはいけない」的生活視点、セックス講座、ジェンダーなど家庭科を自分らしく教えてもみたい。個性ある家庭科教科書をつくってみるのもおもしろいかな。ジャーナリズムでいえば、わたしの個性を持ってしかやらない&できないであろうこと、金曜日ででできなかったことなどを中心に継続することになるでしょう。シナリオをまた、書きたくなるかもしれません。活字メディアのなかの自分は未定です。

「飲みやの話」は長年の夢。二十五歳のときに、東京・蒲田でお店をしないかとスカウトされたことがあります。そのときはどうも乗り切れなかったけれど、十年後のいまはぜひ、やりたいと思っています。これがけっこう支持者が多い。「メンズ・リブ東京」代表の豊田正義くんも「飲みやをやってよ」と言う。飲みやの主人になったら、常連になってもらいましょう。母は「え〜っ」と言ったものの、「あんたは皿洗いやら片づけることが嫌いじゃけえ、無理いね」（岩国弁）とケラケラ笑っていました。こだわりのもの（飲みもの、食べもの、美術、食器など）を置き、そして、わたしの思い描く空間をつくりあげたいと思っています。こちらの夢が実現したら怖いものみたさでもぜひ、一度は来てください。

ほかにもあたためていることがいくつかありますが、しばらくは充電。といっても、すぐにごそごそ動き出すかもしれません（笑）。開設予定のホームページでもにぎやかに展開していきたいと思っています。

年女の二〇〇二年、旅立ちの年となります。引き続き、思想も経済もセックスも自立で生きていきます。

＊＊

わたしが見た本多勝一さん

本多さんと出会ったのは、『週刊金曜日』の面接のときです。「だれだろう、この人？」と思いました。岩国（故郷）で『朝日新聞』なんて読まなかったので、「本

41＊『週刊金曜日』編集委員

多勝一」という存在はさほど、わたしのなかに入っていませんでした。大学の時、マスコミ志望の男性の家に行くと、ずら〜っと色好く並ぶ『貧困なる精神』と朝日の黒の文庫などがありました。「マスコミに行きたいのなら、本多勝一を読むべきだ」と言われました。「読むべきだ」と言われると読みたくなくなる性分です。それにマスコミに行きたいとも思っていなかった。おもちゃ会社でいろいろ企画したいと思っていましたから……。でも、なんだかめんどくさいので、おもしろそうな『NHK受信料拒否の論理』を借りて帰りました。それにはたいへん影響を受けてしまって、以後、実行中(笑)。

あれだけの著作を出している本多さんから「出版パーティーをいままでしたことがない!」と聞いて、漫画家の石坂啓さんとぜひ、やろうと企画して『本多勝一のこんなものを食べてきた!』(本多勝一原案、堀田あきお&佳代漫画)と『本多勝一集』全三十巻完結(ともに朝日新聞社)の出版パーティーを一九九九年四月、クレヨンハウスで開きました。

「本多さんをくどく会」会長が石坂さん。わたしは事務局長で、呉幸子さん(『こんなものを食べてきた!』の装丁者。また、『買ってはいけない』のデザインも担当)が保健婦です。三人とものんべえ。会員はいません。募集もしていません。有名無実でしたが、出版パーティーはどうにか実現しました。

そもそもマンガ『本多勝一のこんなものを食べてきた！』は、編集委員の椎名誠さん、石坂さんも一緒だった一九九六年夏、島根県松江市での金曜日の講演会の終了後に行ったそば屋で盛りあがって生まれた企画です。本多さんに、「伊那谷（長野県）でそんなもの食べてきたんですか？」と石坂さんと一緒にケラケラ笑っていました。最初は、本多さんにマンガを描いてほしいとくどいていましたが、受けてくれない。石坂さんイチオシの漫画家・堀田あきおさんにお願いすることになりました。堀田夫妻と二度ほど、本多さんの田舎・伊那谷にご一緒しました。本多さんの初恋の人にこっそり会ってきたのも、楽しい思い出。「とても穏やかな人」と本多さんの思い出を語ってくれました。わたしはショウちゃ（本多勝一少年）より、キイちゃファンだな。「サザエさん」でいえば、タラちゃんよりカツオくんのほうが好きといったところです。

出会った当初、まず、おもしろいと思ったことは、本多さんに何か質問すると、「なんで？」とすぐに聞き返してくることでした。うちの甥っ子と一緒じゃないと思っていましたから（笑）。怒ったら、有名・無名など関係なく噛みつく。いろいろ言われて誤解されていることも多い。でも、事実も多いかな。

本多さんとは、映画『天と地と』『愛のコリーダ２０００』を一緒に観に行ったり、恋愛談議もしてきたし、東京ディズニーランドにも一緒に行きました。「本多勝一のようなジャーナリストになりたい」というマスコミ志望の人も多いけれど、そんな人には「なかなか本多勝一にはなれないと思うけど……」とわたしは言っています。まず、個性ありきです。すごい人だと思います。時間があったら、「お笑い本多勝一」をぜひ、書きたいです。わたししか書けないぞ！　と思っていますから。

*　　　　*

『買ってはいけない』

*　　　　*

＊

船瀬俊介さま〈地球環境問題評論家〉
三好基晴さま〈臨床環境医〉
渡辺雄二さま〈科学評論家〉

すっかり秋も深まってきましたが、お変わりありませんか？

お忙しい中、講演などではお世話になり、ありがとうございます。引き続き、本誌連載の「買ってはいけない」につきましてもよろしくお願いします。

『買ってはいけない』が売れたことでここ数ヶ月でいろんな動きが出てきました。そのなかで考えたこともいくつかあります。今回、船瀬さんから、築地書館からの出版の話（「買ってはいけない」現象）を聞きました。それに関することや他の出版物についてなど、ここ最近の私の考えをお伝えしたいと思います。また、批判本などにしてもある意味でたいへん勉強になっていることをつけ加えておきます。

私としてはいまはかなり慎重でいたいという気持ちです。表現者ということで考えれば、出版物に対しては何ら縛りもない状態で自由ななかでやるべきだと考えています。だから、言論は言論でやっていきたいところはあります。しかし、今までに出た、あるいはこれから出る本は批判本もふくめ、「買ってはいけない」（とくに89商品のなかでの議論）に足りない

＊

点を批判すること、あるいは売れることに終始した便乗色が色濃く、企画者としては残念な思いです。もっとひろい目で見て、企業&国なりにむきあい、消費者のことを思ったものにしてほしい、そこで連携したいと思っているからです。だから、第2弾の出版を聞かれても、編集者として同じモノをやるのはおもしろくないということを常に言ってきました。どこまで消費者のことを思っているかが同じようにポイントになってくると思います。便乗にのるだけの姿勢ではダメなのです。また、今後、今週発売の『週刊朝日』などのように著者批判的な記事も出てくるでしょう。それも、一連の現象の中で生まれてきたものです。

船瀬さんが光文社から出版される「買ってもいい基本食材」にしても、「買ってはいけない」現象が起きたいまとなっては、その著者が薦めるとなるとその責任はかなり大きいと感じています。わたし自身、女性セブンの取材だったと思いますが、「買ってもいい」的な紹介記事で、何を食べて、何を買っているか具体的なことを聞きたがっている記者の意図がとても嫌で（というのも、わたしの生活が絶対ではないので、それが広がることの責任はたいへんなことだと躊躇したからです）、最後まで答えませんでした。自分の生活に確信が持てないというよりも、それが絶対になることに危惧したからです。そこにはかなりのジレンマがあります。また、そんなものを拠りどころにするよりも消費者がもっとかしこくなるほうが先、自分の目で見て考えることも大事だという思いもあります。もちろん批判だけがいいとも思いませんし、それがこのブックレットの現段階の〝限界〟でもあるといえます。「買ってはいい」的企画はわたしも本誌のなかでも試行錯誤のなかで考えていたことですが、まだ、できませんでした。たたくことは確かに簡単ですが、いいという段階をどこまで責任を負えるかというと、まだそこまで確立していないと思うからです。そして、いま、この現象のもとでは、ますます悩みの種にもなっています。もう少し、時間をかけて考えなくてはいけないということでもあります。

そんな姿勢が慎重すぎるという声も聞こえてきそうですが、いずれにしても、「週刊金曜日」としても、対応をしなくてはいけないことがまだ残っています。企業からの意見、批判、抗議など(たとえば日本モンサント、大幸薬品、味の素、メルシャンなど)に対して、きちんと向き合っていかなくてはいけません。中途半端、生半可にはできません。こちらから〝喧嘩〟を売ったことに変わりはないからです。読者からの手紙、質問などに対してもそうです。できるだけ答えるように返事もしてきました。それを中途半端にした上で次をという考えはわたしにはありません。もちろん、担当者としても至らなかった点もあります。また、出版社として向き合っていく責任もありますが、書き手としても十分に考えてほしいと思います。いまだからこそやっておいたほうがいいことを考えると同時に、いまだからこそ慎重にやったほうがいいということも考えないといけないと思います。

著者個人が、「週刊金曜日」と離れたところでする出版に本誌が立ち入れるかというと、それはもちろん「ノー」です。しかし、今の段階では、何を言っても書いても「買ってはいけない」の延長上の話であることにかわりはありません。

わたしは、築地書館の出版にしても参加する気持ちは今のところありません。ただし、築地書館の場合、「買ってはいけない」が出版される以前に「うちで出させてほしい」という話がありましたので、現在、出版されている便乗的な出版社ではないと思っています。しかし、企業とのやりとりがいま、行なわれている状況で企業からの批判や抗議の部分をヌキにできないことだと思います。そのところをまず、お聞きしたいと思います。社内外問わず、売れた(収入面も含めて)こと、こういった現象でいろんなことが見えてきました。わたし自身、批判する側だけではなく、著者のみなさんも含め、人の動きや考えなどから考えることも多々あります。私はその部分を書き留めていますが、それをいまの時期に発表したり、語ることが得策だと思っていません。また、将来的に必ず発表するものだということでもありません。いずれにしても、「(こういう現象が起きる前とあとで)自分はかわっていないか」ということは、わたしとしても自問自答しながら、他者も見つめているわけです。

「買ってはいけない」で数億円にもなる売り上げをどうするかも考えています。「自前の研究機関をつくる」――これは夢として、わたし自身、感じていたことですが、三好さんからのすてきな提案もあり、このことが今回の売り上げで実現できる可能性が出てきました。利益があがり、お金が入ると、予想もつかないことが起きることも考えられます。消費者のため、市民のためを思ってつくった「買ってはいけない」ですから、その利益は市民・消費者、読者にさらにパワーアップした形で還元できればと思っています。２０００年にはぜひ「買ってはいけない」基金を設立し、市民のため、消費者のために、金曜日ができることを後押しできればと思っています。利益優先の大企業と向き合うためにも必要かつ、大切なことです。まだ不勉強な部分もあり、これから細かい点などを考えていくつもりですが、金曜日から研究機関などへの調査依頼・調査委託金をしたり、研究者・市民団体から調査目的・調査内容などを公募し、調査助成金を出す。調査・分析結果は、『週刊金曜日』誌上で報告するなどしていきたいと思っています。このことが、批判してきた人たちへのかなりのメッセージになると考えています。

以上です。話が横にずれたりしましたが、ご意見などお願いします。

１９９９年11月８日（月）

＊

これってどんな手紙？

便乗本なども次から次へと出て、にぎやかになっていた頃の手紙です。『ケータイ天国　電磁波地獄』の増補版を編集していました。「買ってはいけない」講演会で日本各地に行きましたが、それもついこの間のことのようです。海外メディアやテレビの取材などもありました。「企業へのラブレターへの次」〈『部落解放』二〇〇一年八月号掲載〉でも書きましたが、「次はどんなことを?」「いま、いちばん興味あるテーマは?」と当時、質問してくる取材記者に「部落問題かな」とわたしは答えています。

「私がこだわるこの商品」でとりあげた企業から謝礼にと贈答品が送られてきて、そのまま返却したこともありました。そんなこともあって、「買ってもいいもの」を紹介するのはむずかしいとさらに思うようになりました。

ベストセラーの利益をどうするかを社内で議論した結果、「買ってはいけない基金」と本誌の紙の改善に使うことになりました。〝「買ってはいけない」御殿〟が建たなくてよかったです(笑)。『磯野家の謎』で売れて、浮かれた飛鳥新社のことを書いた『「磯野家」のあとしまつ——傷だらけのミリオンセラー』(こーりん社)を読んだのもこの頃です。

当時のことをメモしたものを読み返すと、なんだかバタバタやっている感じも受けますが、まわりの言動や雰囲気などを冷静に見ているわたしもいるようです。それでも、何ごとも初体験の慣れないことに疲れたなと感じ、京都に居場所を見つけようと思いはじめていました。

年明け、大家さんから届いた年賀状に「応援していますよ」とあり、とてもうれしかったのを憶えています。

本日は、出席できずに申し訳ありません。今までの流れのなかで、この1年のなかでわたしになりに考えてきたことなどを伝えたいと思います。

昨年のちょうどこの頃、ゲラ戻しなどいちばん慌ただしい時期でした、いまとなっては懐かしく思い出しています。そして、このような「買ってはいけない」現象が起きるとは思ってもいませんでした。たいへん学びの多い1年でした。そして、『買ってはいけない』を読んでくれた人、著者のみなさん、批判本という形で参戦してきた人、そして社内の人などからも、いろんな宿題をもらいました。こういう形で世の中は動くんだなということを怖さもふくめて感じ、また見たくなかったことなどもさまざまな形でわたしの目の前にあらわれてきました。つくった責任をいろんな意味で感じています。

1月にみなさんの連名の要望書が届き、拝見し、わたしはたいへんびっくりしました。正直言ってショックでした。そのことについて2月に手紙を書きかけていたのですが、そのままにしてしまい、そのあと『週刊文春』の記事掲載となったのでいまとなってはたいへん悔やんでいます。今回の『週刊文春』の記事掲載のときに、船瀬さんから著者の人権、奴隷以下という話が出てきて、ますますわたしは混乱しています。

金額的な印税値上げ要求について批判しているのではありません。お金がほしい、不満だというのなら、そのように意思表示するのは当然のことだと思います。お金は汚いものでも何でもありません。

わたしがお聞きしたいのは、手続きの不備を問題にされていることです。どこがどう問題だったのか、ぜひ、お聞きしたいのです。それは、担当窓口はわたし山中であり、わたしがすべて支払いの手続きなどをやってきたからです。そのわたしに何の話もないまま、突然、要望書が社長あてに届けられたのには何らかの意思があったのだと思っています。

まず、「話し合いもなきまま」というのは、そうだったでしょうか？　そういう機会を持たなかったということでしょうか？

改めて、そのときのことをお伝えしておきたいと思います。

このブックレットも、誰もこんなミリオンセラーになると思っていなかったと思います。ほんの外部の一部の人から「これは、売れるよ」という指摘があっただけです。思いもよらず売れてしまったというのが、大半でしょう。このブックレットは本誌別冊だということ、ブックレット①は謝礼の形で支払っていることなども議論のなかで出てきました。今まで連載時に執筆いただき、お支払いした原稿料についても算出しました。そして、ひょっとしてこれは謝礼のほうが金額的に多くなるかもしれないなど、当初、悩んだのも事実です。出版界の常識というのをどこにおくのかわかりませんが、たとえば、別冊という概念でいえば、『別冊宝島』的な常識にするとどうなるのか、おわかりでしょうか？

あのとき、船瀬さん、三好さんは、わたしに「いいですよ（任せるという意味で）」と言われました。そして、「印税にしてほしい」と意思表示されたのは、渡辺さんだけです。ブックレット委員会で上記のことも考慮し、印税で7％でどうかということになり、そのことを伝えました。そのときに、お2人から異議申し立てはありませんでした。渡辺さんは、できれば7％より8％、8％より9％・・・との意見を言われました。そして、ブックレット委員会で先に出た話なども考慮して、7％を最終決定としたことを伝えて、その後、特に異議もなかったので、わたしは了解だと思ったわけです（企画料の件は、ブックレット委員会ではなく、その後、わたしから提案し、編集長、社長から承諾をもらった話です）。その後の支払いについてその都度、ファクスにて印税率、支払日、執筆配分％をお知らせしてきました。最初のころ、こういう支払い書をファクスでおくるのはどうかと思うといったこともお伝えしたと思います。当初から、金額的に満足いくものでなかったのかもしれませんが、もしそうなら、なぜ、みなさんはそのときに異議の声をあげてくれなかったのでしょうか？闘わなかったのでしょうか？

講演会の謝礼金額についても同じです。これもわたしのほうから、「3万円でお願いしたい」ということをお伝えし、納得いただいたうえで進んできたと思います。市民運動ベースで行なうことをまず考え、それを一貫してやってきたわけです。最初に決定したことを途中から変更するといままで開催したところとの関係をどうするかというのがあります。お忙しい中、無理をいって全国各地をまわってもらい、時間を拘束したことはわかっています。こちらも慣れていないことなど、不備もあったかもしれません。それでも、終わってからまとめて謝礼を支払いたい旨の話を伝えてきました。

印税などについて、たしかに契約書をつくったほうがいい、つくらねばといった思いはありました。忙しさや慌ただしさのなかで、わたしがそのままにしてしまいました。いわゆる日本の常識を持ち出すつもりはありませんが、日本的なあうんの関係というか、人と人のキビというか、今回でいえば、担当者であるわたしとみなさんの関係性で成り立っているところもあると感じていました。がちがちの契約関係で人間関係がうまくいくのかという疑問も少なからずありますが、それでもそういう曖昧さをやっていてはいけないんだ、アメリカ的な契約社会に立たないといけないんだ、これはお互いのためにそうすべきものなんだということを学びました。

でも、なぜ、すでに195万部を刷り終え、数カ月経った今年になってから要望書を出されたのか不思議でなりません。

わたしのブックレットにおける配分ページ%もふくめ、それぞれみなさんのページ配分%

を、支払い金額と支払い予定日をお知らせするときにその都度、お知らせしてきました。わたしは印税分をもらわないということは、みなさんにはあらかじめ伝えています。『朝日新聞』での経験から、わたしが印税をもらわないのはおかしいのではということを7月頃、本多さんから言われました。それはその通りだとも思います。でも、わたし自身、そういう話を最初からしているわけではないし（あえて言うなら、勝ちとらなかったということにもなります）、金曜日の社員として給料のなか、勤務時間に執筆したところもあり、やはりそれも違うんじゃないかなと思ったわけです（わたしは、会社から、今回の「買ってはいけない」の企画などに関して、年末に特別賞与をもらっています）。

それはともかく、わたしの印税分をどうするのかという話が出てきているようですが、なぜ、今になってわたしのことを執筆者のひとりとして認められるのかがまったくわかりません。要望書も3人で出されたわけです。わたしは執筆者としての自負を持っていますが、わたしが1著者であるという意識はおそらくなかったのではないでしょうか。

自戒を込めて言えば、編集者としてもっと厳しくチェックしないといけなかった原稿もあったと思っています。わたしの原稿も同じです。企業がこちら側が返答に困るような異議申し立てをしてくるのは、こちらのデータ不足ということもあると思います。それはやはりあらかじめデータをそろえた上での執筆がまず大原則であって、あとから実証を検証するというのは前後が逆です。日々、企業もあの手この手で考えているわけですから、こちらも力をもっと蓄えないと今までのような批判では向き合えないでしょう。決してそれは企業に弱腰ということではなく、後ろ向きでもありません。

この「買ってはいけない」現象のなかで、わたし自身、悩んだことはいくつかあります。消費者の立場にたつという思いに変わりはありません。これはみなさんもそうだと思います。「買ってはいけない」の思いをさらにパワーアップし、企業や国に立ち向かうにはどうするか。注目を浴びた分、難題にもなってきています。今までのわたしたちであり続けてはいけないということ。これは大きな課題だと思います。自問自答もしています。

『週刊文春』は、金曜日としていちばん言いたかったこと、「買ってはいけない」基金のことを一言も書いてくれませんでした。共闘できない雑誌がいかに多いかです。「買ってはいけない」の便乗本は89商品のなかでの議論で終始し、ほかの商品について向き合おうとせず、足りない点を批判するだけ。自分たちはどう伝えるかはなく、売れることに終始した便乗色が色濃いものばかりです。これらは残念な思いをしました。三好さんからいただいたすてきな提案「買ってはいけない」基金も早く形にしたいと思いながらも、社内で提案をしてからすでに半年近くが経ってしまいました。現在、チームをつくり、ようやく動き出しました。総額予算を少なくとも1億5000万円はとると決め、10年間「買ってはいけない」に当てることができます。よりよい形で、読者や市民に還元していきます。その力にもぜひ、なってほしいと思っています。

みなさんと3年以上おつきあいさせていただいて、みなさんと一緒だったからこそ、ブックレットができました。「買ってはいけない」で社会に大いなる問題提起ができました。厳しさを自分にも科しながら、みなさんにも今まで以上に意見などを伝えていきたいというのがわたしの思いです。よりよい、実りある〝ケンカ〟ならいつでも買います。

何か動くときに必ず、何らかのものがくっついてきます。よかれと思ったことが、いろんな形で思いも及ばないことになって返ってくることも、いくつかありました。わたし自身、つらかったことはいくつもあります。いろんな言葉ももらいました。でも、まだまだ言ったり、やったりしないといけないことはたくさんあります。ありすぎるほどです。もっとひろい目を持ちながら、連携していければと思っています。

以上、現在のわたしの思いです。

2000年3月24日（金）

＊

これってどんな手紙？

いろいろ他メディアからのバッシングを受けた頃に書いた手紙です。著者との金銭的なことがことさら話題になり、著者と金曜日がもめているというシナリオを描きたがりますが、わたしが指摘しているのはそういった点ではありません。自戒も込めてですが、これから日本も契約社会になっていくと思われます。それはとても大事なことです。この手紙はそのときの思いです。その後、前後しましたが出版契約書をつくりました。印税率も当初と変わっていません。

何かが大きく動くとき、あるいはとっさのときにいろんなことが見えてきます。それをこの「買ってはいけない」現象のなか、金曜日で実感&体感できたことは貴重な経験でした。そんな状態のなかで自分では冷静でいたつもりですが、浮かれていたのかもしれません。これは著者にあてた手紙ですが、「もう、逃げたいよ〜」と叫んでいるわたしもいます。

「買ってはいけない基金」も二〇〇〇年にスタートしました。一億五〇〇〇万円（年間一五〇〇万円で十年間）をあて、いままでダイオキシン、遺伝子組み換え、電磁波などに活用し、成果も出してきました。「買ってはいけない基金」も、消費者や生活者のためを思って設立したのだということを、いま改めて感じてもらえればと思っています。

＊＊

わたしが見た船瀬俊介さん

船瀬さんはとにかく元気、元気。『買ってはいけない』も、船瀬さんとホンモノのおいしいお酒を飲みながら生まれた企画です。一九九六年、化粧品のことが聞きたくてはじめて自宅に電話したら、延々と『週刊金曜日』がいかにジャーナリズムとしてなっていないかを一方的にまくしたてられ、わたしの質問も聞かないまま電話も切られてしまいました。しゃべりは聞かせます。吉本興業のひとが興味を持ったくらいです。わたしもそうだけれど、船瀬さんも野村かつ子さん（海外市民活動情報センター代表）にはとっても弱い。近視手術、化粧品、合成洗剤などに興味を持つようになったのも、船瀬さんの影響を強く受けています。

＊＊

わたしが見た三好基晴さん

三好さんは市販のものは原則としていっさい食べません。無農薬農園もつくってもいるし、水にもこだわっています。外食するときも自然食レストラン。とにかく生活を楽しんでいる感じです。よく、どこのレストランがおすすめなのか、ランク付で教えてもらっています。今度、わたしが飲みやの主人になるときは、こだわりの飲みやを目指してプロデュースをお願いしようと思っています。

＊＊

わたしが見た渡辺雄二さん

一九九七年、渡辺さんとはじめて待ち合わせしたとき、駅を間違えてしまい、かなり遅刻してしまいました。人を待たせるのは好きではないので、これはずっ〜と記憶に残ることでしょう。渡辺さんは、車にはとにかく乗らないようにしています。つきつめていけばそうなるんですよね。「買ってはいけない」講演会で行った新宮（和歌山）は「最高だったよね」と、いまだに話しています。

＊＊＊

「買ってはいけない」企業への手紙

企業にも何通も手紙を出してきたと思います。主に、アンケートや取材依頼になります。資生堂はなかでも対応がよく、心得ているという感じ。アサヒビールもそう。工場見学にも行きました。そういえば資生堂には、工場見学をしたい、合成界面活性剤のことをもっと聞きたいと言ってそのままにしてしまいました。逆に、花王からは無視されるほうが多く、もっと余裕を持てばいいのにと思うこともしばしばありました。各社にはお世話になりました。お世話もしました（笑）。特に大手は業界の見本&手本として、消費者の立場に立ってほしいです。

化粧品のことはもっともっと言っていかないといけないと思っています。もちろん合成洗剤もです。引き続き「企業へのラブレター」は送り続けようと思っています。目標とする人は、『暮しの手帖』初代編集長だった花森安治さんかな。

メディア&表現

＊

野村沙知代さま〈少年野球チーム「港東ムース〈シニアリーグ〉」オーナー〉

前文ごめんください。

はじめまして。突然のお手紙失礼いたします。

私は『週刊金曜日』編集部の山中登志子と申します。

ワープロでのお手紙を差し上げることをお許しください。

私はメディアにいるひとり、表現する側にいる者として、「報道と人権」についてこだわっている編集者です。『週刊金曜日』では「報道と人権」を一つの柱として編集を行なってきました。そして、私もメディアの問題について何度か企画してきました。今週発売号では、本誌編集委員の落合恵子さんと三浦友和さんの対談「被写体からの風景」を掲載しております。この対談企画も「表現される側から見るとどうなるのだろうか」と思う気持ちから出発した企画のひとつです。まだ、昨年、本誌別冊で発売しました『買ってはいけない』は、声にならない声を届けたく、私自身が企画したブックレットでもあります。ブックレットと最新号の本誌、本誌宣伝版を同封いたします。ご一読いただければ、本誌の編集スタン

＊

スがおわかりいただけるのではないかと存じます。

さて本題に入ります。昨春から続きました野村さまへのワイドショーや一部雑誌による取材、報道について、たいへん気になっていました。そのことを、今まで「取材・報道される側の権利」について声をあげてこられた同志社大学の浅野健一さんと何度かお話してきました。その過程のなかで九月に浅野さんから、野村さまあてにお手紙を差し上げたという経過があります。本誌から野村さまに直接、ご登場していただきたい旨のご依頼をさしあげなかったのにはいくつか理由があります。メディアによって傷つけられた方に、そのメディア側が「掲載ありき」でインタビューするのはどうだろうかという思いが、まず、私の念頭にあったからです。そのことを考え、この分野に詳しく、報道される側の立場に立っていらっしゃる浅野さんから野村さまにまず、お話を聞いていただき、その上でお願いをと考えておりました。「マスメディアのひどい振る舞いについて、メディアの構造を分析し、批判したい」と、浅野さんのお手紙にあるのも本誌を念頭にしていただいてのことでした。

今回、野村さまがある雑誌からのインタビュー取材をお引き受けされたこと、そして、対談相手として浅野さんをご指名されているということを聞きました。浅野さん自身、この件につきましてどうしたらいいものかと頭をかかえていらっしゃいます。

こちらからのご連絡、ご依頼が前後してしまったのですが、浅野さんに野村さまのマスメディアからの〝暴力〟について、まとめていただきたいという思いはかわっておりません。

謝礼も本誌規定で些少しかお支払いできませんが、本誌への登場もご検討いただければと存じます。こちらの思いばかり申しあげてたいへん恐縮ですが、何とぞ、よろしくお願いいたします。また、野村さまのお電話など存じあげず、こちらからご連絡する術を知りません。重ねて恐縮ですが、名刺を同封いたしますのでご連絡いただければと存じます。

寒さも増していきます。ご自愛ください。

草々

二〇〇〇年二月二日（水）

＊

これってどんな手紙？

あまりに続くサッチーバッシングを見ていて、「メディアのいじめだ」と思っていました。一九九九年夏、「野村さんのケースも報道被害だから、彼女に話を聞きましょう」と何人かに伝えましたが、なかなかのってきてくれない。ただひとり、浅野健一さん（同志社大学教授）が響いてくれました。浅野さんが野村さんに秋に手紙を送っています。この手紙はその翌年、わたしがはじめて出したものになります。その後、おふたりの対談「メディアは私を殺したかったのか?!」が実現しました。誌面に登場してもらうのに、ン十万も謝礼を支払ったという噂が聞こえてきましたが、社内規程の謝礼しかお支払いしていませんし、野村さんから要求されたこともありません。これは、とても野村さんに失礼なことです。きっと、マスコミの「サッチーバッシング」に毒された人たちがそう思い込んだのでしょう。


『週刊金曜日』の山中です。

本日、出版サイン会のお話を高須さんから伺いましたが、先約がありお伺いできません。

高須さんにメッセンジャーを頼んでしまいました。

浅野健一さんと野村さんが初夏にお電話でお話されて、その後、お手紙をお送りして以来だと思います。ここ1カ月、また、野村さんに対して同じようなバッシングが繰り返され、懲りない面々だなと思っておりました。また、思い出の地のNYもとてもたいへんなことになってしまい気になっておりましたが、高須さんにお伺いしたところ「お元気だ」とのことで、少し安心しております。

高須基仁サッチー応援団長がいれば、怖いものもないと思ってはいますが、わたしもその応援団の1人として、引き続き、懲りない面々にもの申して行きたいと思っております。

『金曜芸能――報道される側の論理』も三田佳子さん二男のケースが現在進行中でなかなかすすまず、発売も延び延びになってしまいご迷惑をおかけしてしまいました。このケースも〝人民裁判〟が続き、どうやって〝回復〟したらいいのかとメディアの一員として考えさせられました。

23日に書店に並びます。この本が、懲りない面々に通じてくれるようにとも思っております。野村さんにまた、何か向かってきましたら、高須さんがサンドバックになってくれるようにわたしからも言います。わたしも、正面から対応していきます。

今回のブックレットの中で、私なりに野村さんへのバッシングのおかしさについてもの申しております。ぜひ、読んでいただければと思います。

本日、夕方にブックレットが納品になりますので、ご自宅あてにお送りします。

出版、家族が増えることとおめでた続きですが、さらにより広く本が届くようにと思っております。秋風も心地よいですが、世の中、あまりいい話もありません。野村さんのパワーがさらにはじめますように心からお祈り申しあげます。

わたしもまた、お会いして元気をもらいたいです。

2001年10月19日（金）

＊

これってどんな手紙？

ブックレット『金曜芸能――報道される側の論理』が納品になった当日、書いた手紙です。サイン会とは『日本一勇気ある嫁』（モッツ出版）出版のこと。モッツの高須基仁さん（出版プロデューサー）は、〝脱がせ屋〟、ヌード仕掛け人で超々有名ですが、カードゲームの「UNO」を日本に上陸させた人でもあります。

本が届いたらすぐにお礼のハガキ（野村さんの写真入りポストカード）が届きました。野村さんからは、お礼・季節のあいさつのハガキをこの二年間で何通もいただきました。永六輔さん（タレント・放送作家・作詞家・随筆家）ももらったハガキ&手紙には必ず、返事を出されると聞いています。担当者だったとき、永さんが赤ちゃんのポストカードを集めていると聞いて気に入ったものを見つけて送ると、絵本『こんにちは赤ちゃん』（作・絵　永六輔）と一緒に「山中さん　沢山の赤ちゃんをありがとう」というメッセージが届きました。わたしも読者からいただいた手紙に返事を出そうと思ってはきましたが、なかなか……。

＊＊

わたしが見た野村沙知代さん

とにかくパワーある女性です。わたしは会って気後れすることは少ないほうですが、野村さんのパワーには負けました（笑）。はじめてお会いしたとき、写真集『野村沙知代　Stay Young Forever』（ナイタイ）にサインをしていただきました。書かれたことばは「生涯感動」。その写真集の「屁のカッパ　サッチー」の文章を紹介します。〈……幸せな人生を歩むには　すぐれた人との出会いを求めて歩くことだって　二〇〇〇年は　最悪の人達との出会いはかんべん　これからは年相応に……　でも頭の中に若さを叩き込んで強く逞《たくま》しく生きよう　人は精神的な美しさの方が大事と言う　そんな体裁はどうでもいいよ　強い信念もって　恥の文化と罪の文化をふまえてさ……（略）……何時か体のどこからか「もう終わりだよ」……と信号がくるまで　一生懸命生きて働こうよ　明日からでなく　今からよ　私が老人はあちらへという標識機を片づけるからさ……（略）……〉。すてきですよね。

野村さん、わたしがケータイ持たないこと、不思議がっていました。

さて、校了間近のいま、脱税疑惑でマスコミが野村ファミリーをにぎやかに取り囲んで報道しています。現段階で真相はよくわかりませんが、ただひとつ言えることは二〇〇日も続いたサッチーバッシングの「事実」は消せないということ。

また、今回もどのように報道されていくのかを見ていきたいと思っています。

＊

浅野健一さま〈同志社大学文学部社会学科教授（新聞学専攻）〉

金曜日の山中です。

以下、ご相談まで。

「人権とメディア」を山口さんに隔週連載をしてもらっていますが、毎週掲載にして、山口さんとどなたかと交互でどうかなと考えています。

山口さんは、２Ｐにしてほしいと前々からおっしゃているようですが・・。

浅野さんに、隔週でお願いするといかがでしょうか？　お忙しいでしょうか？

あるいは、その隔週分を何人かで交代でというのもあるとも思います。

若手の方などにも登場してもらいたいとも思ったりもしています。

まだ、構想段階で、明日、会議で議論したいと思うのですが、このひどい時期に力を入れておいたほうがいいかなと思っている次第です。野村さんの裁判がはじまったら、どこかで逐一報道していくのもおもしろいかと思っています。

以下、こまった話。

＊

3月3日号の新聞広告で、サッチーがメディアを訴えるというのを大きめな扱いにしてもらおうと、担当者に伝えたら、広告出稿の予定がその週はないと言われました。いろいろな事情のなかからそうなったようなのですが、それにも異論はありますが、それはともかくとして、検討して欲しいと言ったあとの担当者の言動に無性に腹がたちました。問題は、「ぼくは、サッチーのいうことはホラだと思っていて信じていないところがあるから」（つまり、だからあんまり積極的にやりたくないというニュアンス）と言ったので、「どこを持ってホラというのか。そういう感覚こそ、ロス疑惑の三浦さんと一緒で、メディアに影響されているのではないか。どこでそう感じたのか？」と言いまくりました。以下、思い出すだけだけでむかむかするので、省略。なぜ、三浦友和さんならいいんでしょう。積極的に広告を出すのでしょう。結局、わたしがわめいたので、毎日新聞だけ広告を出すことになりました。今日になってそれは誤解だというようなことを言いましたが、まずは内部改革です。……なんだかグチになっていますが、こんな調子ですので、これから浅野さんに対してもいろんな反応があるんだろうなと思いました。

広告はともかく、ニュースリリースをおくる予定でいます。ここにと思うところがありましたら、お知らせいただければ幸いです。野村さんのことをいろいろ書いたメディアには、すべておくろうと思っています。

＊

2000　2　22

これってどんな手紙？

「人権とメディア」の常連執筆陣に加わってほしいことをお願いしたメールです。メールにある通り、その後、浅野さんと中嶋啓明さん（共同通信記者）が加わって、いま、山口正紀さん（読売新聞記者）と三人で連載が続いています（現在の担当者はわたしではありません）。山口さんとは主にジェンダー関連、中嶋さんとは天皇報道について語ってきました。みなさん、人権と報道・連絡会のメンバーです。

▼人権と報道・連絡会ホームページ　http://www.jca.ax.apc.org/~ jimporen/

連載をお願いしたいというメールでグチっています（笑）。まず目にふれること、『週刊金曜日』を手にとってもらわないとはじまらないとわたしは思っています。野村さんは、今のところメディア裁判を起こしていません。そのあたりの経緯は『金曜芸能』を読んでください。

＊＊

わたしが見た浅野健一さん

浅野さんから「東ティモールに行くので記事を書かせてください」と企画持ち込みをＦＡＸでいただいたのが、一九九九年八月。その後、ジャカルタのホテルあてにＦＡＸで手紙を送ると、すぐにお電話をいただきました。日本に帰国され、はじめてお会いしました。著書をたくさん、たくさんいただきました。金曜日に企画を出してもなかなか通らず、「長い間ご無沙汰」があったようです。

『金曜芸能』も浅野さんがいたから、まとめることができました。このブックレットは、わたしが金曜日でやってきたことの集大成です。火中の栗を拾いまくるのが浅野さん。サッチーもそう。河野義行さん、和歌山カレー事件などなど。姿勢がはっきりしているからです。でも、嫌われるのもわかります。ホンネをばんばん言い過ぎて自己主張しまくるとこの国ではまず、嫌がられますから。「三田佳子報道」で共同通信社から金曜日に抗議がありましたが、ちゃんと誌面に著者名（浅野健一）が書いてあるのに、「著者はだれかしらないけれど…」と言われたのにはびっくり（浅野さんは共同通信の出身）。やっかいな人は無視するのがいちばんラクなんだろうと思いました。それは、逆に〝名誉〟あることだと思います。

▼浅野健一ゼミホームページ　http://www1.doshisha.ac.jp/~kasano/

＊

三浦和義さま〈「フルハムロード・良枝・アゲイン」プランナー・「ロス疑惑」といわれる刑事裁判の被告〉

＊

謹んで一筆申し上げます。

テスト版『月刊金曜日』では原稿のご執筆ありがとうございました。

さて、私ども『週刊金曜日』では三月三一日の判決に大変注目しており、四月一五日発売の号にて「奇妙で危険な三浦裁判――「ロス疑惑」判決を検証する」と題して特集記事を掲載致しました。記事のコピーを同封致しますのでご査収下さい。別便にて本誌もお送り致します。

今回の判決に対して三浦さん自身、どのように感じられたか、率直なご意見、ご感想を是非ご寄稿いただきたくお手紙を書いている次第です。

特集についての感想でも構いません。

原稿用紙（四〇〇字詰）一〇枚以内にて執筆をお願い出来ればと存じます。

何とぞご検討下さいますようよろしくお願い申し上げます。

とり急ぎお願い申し上げます。

かしこ

一九九四年四月一八日

＊
これってどんな手紙？

「ロス疑惑」判決（一審）を受けて特集を組んだ後、東京拘置所にいる三浦さんにあててはじめて出した手紙です。はじめて裁判の傍聴券を求めて列に並びましたが、動員バイトなどが多くて当たりませんでした。拘置所に出す手紙を意識しすぎてか、すごく素っ気ない依頼だけの手紙になっています。また、原稿料が書かれていない悪い依頼の例です。三浦さんから電報で返事をもらいました。それから、何度か三浦さんにはメディア訴訟について執筆していただきました。「ロス疑惑」は一審では有罪、二審では無罪。いま検察側が最高裁に上告中です。

＊＊
わたしが見た三浦和義さん

三浦さんが一時、出所された一九九八年夏、わたしは入院中だったのでお会いすることができませんでした。病院に電話すると、「いま、（わたしは）集中治療室です」と言われて驚かれたそうです。お見舞いにお花をいただき、「あの三浦和義からお花が……」とちょっと話題になっていました。超有名人ですから（笑）。

二〇〇一年一月、宮城刑務所を出所されてからお会いしました。三浦和義さんほど前向きな人にはなかなか会いません。「できない」ではなく、「どうするとできるか」を考えて行動に移す。とにかくエネルギッシュです。三浦和義著『Never――忘れない・諦めない・許さない』三浦良枝著『Lover――なぜ彼女は二度「彼」を選んだのか』（ともにモッツ出版）は、ぜひ、読んでください。『金曜芸能』でわたしの三浦和義さんへの思い♥を書きました。

お会いしてファンになったのがパートナーの三浦良枝さん。凛としたところ、大好きです。わたしは「湘南良枝ちゃん倶楽部」（http://www.0823.org/）の会員で、会員ナンバーは名誉ある「No.00001」をもらっています。ただいま、会員募集中です。一緒に会員になりましょう。
▼三浦和義ホームページ　http://www.h3.dion.ne.jp/~yoshie-m/

＊

三浦友和さま〈俳優〉

前文ごめんください。

はじまして。私は『週刊金曜日』という週刊誌の編集者で山中といいます。

『被写体』を拝読いたしました。メディアにいる一人としていろ〳〵な思いを持ちながら読みました。うまく言葉で表現することができませんが、三浦さんの思いがじわじわと伝わってきました。今までも盗撮をはじめ、パパラッチ的なものに本誌でも何度か異議申し立てをしてきました。ワイドショーなどを見るにつれ、情けない思いもしています。日曜日の『朝日新聞』のベストセラー快読は読み、少しほっとしつつ、私がすてきだと思う『被写体』の紹介に出合っていません。なぜなのかもいくつか理由を考えました。メディアが自戒を込め、今までのこと、そしてこれからマスコミ人として生きる、生きていくにはどうありたいか、これでいいのか立ち止まって考えることも大切だと思います。見ようとしない、見えなくなってきていることに気づく機会をいただいたとてもすてきな本に出会ったと思っています。ワイドショーを何気なく見ていた人たちにも考えるきっかけになったことと思います。

＊

もちろん私自身の自戒も込めています。そして、これから私たちが考えなくてはいけないこと、眼を向けなくてはいけないことを『被写体』が投げかけてくれました。報道のあり方が問われる大切なきっかけになることを願っています。そんな思いがしています。

そこで今回のお願いになります。三浦さんと本誌編集委員の落合恵子さんとの対談を実現できないかという企画のお願いです。「被写体からの風景」について語っていただけないかと考えております。メディアとプライバシーなどいくつかお聞きしたいこともあります。できましたら九月中に二時間くらいお時間をいただければと存じます。謝礼といいましても些少で本誌規定謝礼しかお支払いできませんが、ご検討くださいますようお願いいたします。

本誌は定期購読主体の週刊誌です。〝あらゆるタブー〟に挑戦する雑誌として編集を続けています。報道としては「書いたもの勝ち」「撮ったもの勝ち」の無責任主義を謳歌するマスコミに対して、メディア批判とプライバシー擁護を大きな柱としてやっています。

本誌『週刊金曜日』と宣伝版、それと本誌発行の別冊ブックレット『買ってはいけない』をお送りします。お時間が許す範囲で読んでいただければ幸いです。小誌のスタンスがわかっていただけるのではないかと思っております。評者が宅八郎さんで書評のコーナーで『被写体』を紹介しております。こちらもぜひご一読ください。

まだまだ暑さも続いております。ご自愛下さい。

お忙しい中、読んでいただきありがとうございました。

改めてご連絡申し上げます。

不一

一九九九年八月二六日

＊

これってどんな手紙？

『被写体』（マガジンハウス）に惚れ込んで、ぜひ、お会いしたいと思って出したはじめての手紙です。わたしも引退後の百恵ちゃん追っかけ報道を楽しんでいましたから、自分に引き寄せて読みました。書評を宅八郎さん（おたく評論家）にお願いし、その掲載号と一緒にお送りした手紙です。

三浦さんと落合さんのスケジュールがなかなかあわず、翌年一月になって対談がクレヨンハウスで実現しました。

＊＊

わたしが見た三浦友和さん

三浦さんに伝えたいと思っていることがひとつありました。百恵ちゃんは「泣かない女」と言われていたとも思います。それがある曲（「秋桜」だったかな？）の授賞式で、壇上にいる百恵ちゃんに海外にいる友和さんから電話がかかってきました。友和さんの声に驚いたのか、突然、涙をぽろぽろ流しました。「ほんとうに好きなんだあ」と、小学生ながら感じました。これが伝えたかったことです。

百恵ちゃんの歌では、引退をひかえた直前の気持ちが出ている「一恵」（百恵ちゃんの歌詞）が好きです。カラオケでよく歌っています。「一期一会…あなたとの出逢いの中で私は自分を知りました」も、友和さんを思っての歌詞ですね、きっと。

二十年以上前に引退されたのに、わたしのなかではずっと「百恵ちゃん」です。

三浦さんも「買ってはいけない」を読んでいただいていたようです。ネグロスのバナナの話になって、クレヨンハウスで売っていたバナナをプレゼントしました。プレゼントとしては重たいものになりました（笑）。

『被写体』はマスコミにいる方、これからマスコミを目指す方こそ、読んで感じてほしい本です。『蒼い時』（集英社）もです。この本を書いたとき、百恵ちゃんは二十歳過ぎ。改めて驚いています。三浦さんには、真正面から受け止める「清々しさ」を感じました。百恵ちゃんが惚れたのも納得、納得。

＊

三田佳子さま〈女優〉

前文ごめんください。

はじめまして。突然のお手紙失礼いたします。

私は『週刊金曜日』編集部の山中登志子と申します。

ワープロでのお手紙を差し上げることをお許しください。

本日、退院されたとの報道を見ました。

この間の心痛など、お見舞い申し上げます。

私はメディアにいるひとり、表現する側にいる者として、「報道と人権」についてこだわっている編集者です。『週刊金曜日』では「報道と人権」を一つの柱として編集を行なってきました。現在、6人の編集委員（落合恵子・佐高信・椎名誠・辛淑玉・筑紫哲也・本多勝一）のもと編集を続けており、今年で創刊7年。報道としては、「書いたもの勝ち」「撮ったもの勝ち」の無責任主義を謳歌するマスコミに対してメディア批判とプライバシー擁護を大きな柱にしてやっています。

＊

本誌と本誌宣伝版を同封いたします。ご一読いただければ、本誌の編集スタンスがおわかりいただけるのではないかと存じます。今までも盗撮をはじめ、パパラッチ的なものに本誌でも何度か異議申し立てをしてきました。そして、私もメディアの問題について何度か企画してきました。今年になってから、本誌編集委員の落合恵子さんと三浦友和さんの対談「被写体からの風景」、同志社大学の浅野健一さんと野村沙知代さんとの対談「メディアは私を殺したかったのか?!」などを企画してきました。「表現される側から見るとどうなるのだろうか」と思う気持ちから出発した企画です。

メディアにいるひとりとして、いろんな思いを持ちながら三田さんに関する報道を見てきました。三田さん、家族に対するワイドショーや一部雑誌による取材、報道について、たいへん気になっております。母親の責任、女優生命などといった報道がされますが、疑問符をつけざるを得ないものも多くあります。

今回のことだけではなく、気になるのがたとえば前回のとき、息子さんは未成年でした。それなのに三田さんの息子ということで名前もさらされました。これは少年法からみると、報道の立場ではたいへんな問題だと思っています。

事件そのものもそうですが、メディアなどによって傷つけられた方(わたしはそのように思っています)にそのメディア側が「掲載ありき」でインタビューするのはどうだろうかという思いがあります。三田様自身のお考えと、わたしたちが考える取材・報道とは違っているかもしれません。

そこで、お願いです。

今まで「取材・報道される側の権利」について声をあげてこられた同志社大学の浅野健一さんといまのお気持ちをお話いただけないでしょうか。謝礼も本誌規定で些少しかお支払いできませんが、本誌への登場をぜひ、ご検討いただければと存じます。こちらの思いばかり申しあげてたいへん恐縮ですが、何とぞ、よろしくお願いいたします。

直接、こちらからご連絡する術を存じ上げませんので、事務所にご伝言いただければ改めて、ご連絡申し上げます。

お忙しい中、読んでいただきありがとうございました。

寒さも増しています。退院後とはいえくれぐれもご自愛ください。

草々

二〇〇〇年一一月一三日（月）

＊

これってどんな手紙？

二男の高橋祐也くんが覚せい剤事件で逮捕され、連日続くワイドショーの〝人民裁判〟報道に気持ち悪さを感じていました。そして、報道される側に立ってこの報道を見て行こうと思い、三田佳子事務所あてに送った手紙です。

少年だった一度目の事件の直後、『朝日新聞』（一九九八年三月五日朝刊）のインタビューに三田さんは「私が女優でなければこうはならなかった」とコメントされていますが、これはマスコミ側の問題でしかありません。本誌でも「おかしな三田佳子報道」として伝えてきました。パートナーの高橋康夫さん（NHKエンタープライズ21社員）とは、何度もご一緒する機会があり、いかにマスコミにやられてきたかを伺ってきました（本当は、ドラマ論などのお話をしたかったのですが……）。最終的には、三田さんへのインタビューはできませんでした。一連の「三田佳子二男報道」は、やはり『金曜芸能――報道される側の論理』を読んでください。特に二男の公判時、横浜地裁川崎支部前で「報道する側」にむけてシャッターを切ったグラビア写真（撮影／田中裕司）はそれだけで訴える力になっています。

＊＊

わたしが見た三田佳子さん

祐也くんの唐組の初舞台『水中花』を観た当日、ご自宅にお電話すると、三田さんが出られました。「いろいろとお世話になり……」と言われました。二〇〇〇年、初日直前に舞台『智恵子飛ぶ』を降板せざるを得なかった三田さん。もし、マスコミの狂騒曲がなかったら、幕はあがり三田さんの高村智恵子役を観ていたことでしょう。「祐也くんのことはこれからも見守っていきます」と三田さんにも伝えました。

三田さんの復帰作品は、映画『シベリア超特急3』(監督=水野晴郎)。ミステリー作品で七十九歳の人気デザイナーの役だそうです。公開は二〇〇二年春予定。

＊

高橋祐也さま〈唐組劇団員〉

こんにちは。

ご無沙汰しています。元気でやっていますか？

唐組での暮らしには慣れましたか？

昨年から繰り返された狂騒曲を思うと、いま、祐也くんは自分らしさを取り戻しているかな、自然体で過ごせているかなと気になっています。いろんなことがありすぎた、経験した1年だったと思います。台風の過ぎ去ったあとのからっとした空がわたしは好きですが、祐也くんも澄み切った空を泳いでほしいなと思います。

いま、『金曜芸能　報道される側の論理』という題のブックレットの編集をしています。いままで『週刊金曜日』、わたしがこだわってきた報道される側からの視点（三浦友和さん、野村沙知代さん、三浦和義さん、宅八郎さんのケース）を盛り込みながら、来月あたりの出版を目指して進めています。メディアがどう報道したかを「記録」しておきたいというのと、一方的な「過熱報道」を繰り返してはいけないと思っているからです。そして、祐也く

＊

んに、いまの思いを聞くことができればと思っています。
以下は、いま、思いつく、聞きたいなと思っていることです。（順不同です）
・この1年を振り返って、いま、思うこと。そして、いまの暮らしについて。
・マスコミに「日本一有名な二男」にされて、感じたこと。
・これは、ひどいよと思ったこと
（書かれたり、報道されたことなどから、自分のことや家族のことで感じたこと）。

これだけは「違う」「ちょっと許せないな」と思っていることで、伝えておきたいこと。
・車の事件のこと。
・1年間で、出会った人たち（先輩、知人、友人など）&出合った本などについて。
・未成年のときの覚せい剤事件、昨年の事件を起こしてしまった祐也くんから、覚せい剤に手を出そうとしているひとや、立ち直ろうとしているひとへ伝えたいこと。「ストップ覚せい剤」について。
・裁判で感じたこと。
・両親などに面と向かって言えなかったけど、言いたかったこと。
・これからの「自分」について。
・そのほか。
6月の鳥越さんのインタビューで、ありのままの祐也くんが表現されているなと思いました。映像ならではだと思います。わたしは、あまり堅苦しくなく、活字でそれを伝えることができたらと感じています。まとまったら原稿をお送りし、確認してもらいながら、つくっていきたいと思っています。

いままでの「経験」は「経験」として、祐也くんにはこれから、いろんなすてきでおもしろい人たちと出会い、歩んでほしいなと思います。舞台についてちょっとうるさいわたしとしては、今度はそちらのほうで思いっきり議論できたらと思っています。

近いうちに時間をつくってもらえればうれしいです。

ご検討ください。よろしくお願いいたします。

では、久しぶりにお会いできることを楽しみにしています。

2001年8月22日（水）

＊

これってどんな手紙？

『金曜芸能』に彼のインタビュー「おれでない〝おれ〟がつくられるとき」を掲載しました。そのインタビューをするにあたって出した手紙です。彼らしさが誌面に出るようにまとめるには、どんな質問がいいかなと考えました。

ちょうど唐組の初舞台に向けて忙しくなっている夏の終わりのことでした。新宿・アルタ前で待ち合わせ。現れた祐也くんは「ジャージですけど、いいですか?」と笑っていました。

よくも悪くも「三田佳子の二男」として注目されます。マスコミが勝手につくったイメージから少しでも〝回復〟できるように、また、これは彼がいちばん強調していましたが(笑)、女の子が遠ざかったりされないように、そして、「子どもが好き」と言う彼が親になったとき、「お父さんは、あのときホントはこうだったんだよ」と語れるものができたらと思いながら、話を聞きました。

＊＊

わたしが見た高橋祐也くん

二度目の覚せい剤事件で逮捕され、留置場で会って一年になります。彼はよくいえば素直。言い換えると人を信じやすい。〝おぼっちゃま〟的なほわんとしたところもあって、危なっかしいなと感じる面もあります。「美人局《つつもたせ》に気をつけないといけないよ」と言いながら、そんなことを言っている自分に笑ってしまいました。でも、芯はあるかな。

古典が好きで長編などをよく読んでいるのには驚きます(それもうがった見方です

ね）。スタンダール『赤と黒』なんて、わたしはマンガでしか読んでいませんから。初舞台になる唐組「水中花」を観に行きました。これが、はまり役で、熱い演技でした。台詞も長い、長い。流れに任せて入団した唐組といった感じもあったので、舞台のことはどうなんだろうと思っていましたが、役者としてこれからも注目していきたいです。

マスコミに「日本一有名な二男」にされなかったら、わたしも出会うこともなかったかもしれません。二回目の公判のとき、マスコミの〝暴力〟報道のなかで初対面となった谷澤忠彦弁護士は、「祐也がまたやったら、弁護士バッチを外す」と言いました。わたしも執行猶予五年の間は厳しく、そしてあたたかく見守っていきたいと思っています。舞台は観たまま、正直に〝批評〟していきます。

＊

伊藤悟さま〈すこたん企画主宰〉

すこたん企画のみなさんへ

シリーズ個に生きる⑤　東郷健さんの記事（著者：及川健二）を担当した編集部の山中登志子です。タイトルに「伝説のオカマ　愛欲と反逆に燃えたぎる」を掲載した経過について、担当者のわたしから説明したいと思います。

今回、記事タイトルに「伝説のオカマ」という言葉を使いました。東郷健さんは「オカマ」という言葉をご自身のアイデンティティを表現する言葉として用いている方であり、この言葉を避けて通ることができないと判断しました。本文で、オカマと〝オカマ〟の2種類で表現していますが、そこがタイトルにも関連してきます。本文中では、「オカマ」という言葉が差別的な意味合いで用いられている部分では、〝オカマ〟と表現しました。また、言葉だけがひとり歩きすることも考えられ、表紙、目次など不特定多数の人がタイトルのみを目にするものからは削除しました。使う文脈、雑誌全体の内容などによってどうとらえるかを考え、本文中、最後のコメントにもあるように、東郷さんの指摘する愛を意味する「カー

＊

マ」の意味において「伝説のオカマ」と紹介しました。本文を読んでいただければ、タイトルに「伝説のオカマ」と使った意味がわかってもらえるだろうとその時点では、考えたからです。

以下は、そこにいたるまでの、わたしの思いです。

5月30日、すこたん企画の方との金曜日での勉強会のとき、第一稿はあがっていました。そこには、著者がつけてきたタイトル「伝説のオカマ　愛欲と反逆に燃えたぎる」がありました。伊藤さんが「いちばんナイーブな人を考えたい」「強い人でなく、弱い人にあわせる」「善意でも人を傷つけることがある」と言われたことをメモりながら、そのメモのそばに「伝説のオカマ?」とわたしは書いています。当日、いくつか質問をさせていただきましたが、もうひとつ「来月号で東郷さんが登場します。いま、オカマの表現について迷っていることがあります」と聞こうかどうか、悩みました。以前、部落問題の記事で著者が使っている「屠殺」の部分をどうするかになったことがあります。「と場労組に聞いてみたら?」との意見が出ました。そのとき、「それはこちらで考えて判断することだから、意見を聞くのはおかしい」「文脈で判断する部分もあるから、そうすると原稿を見てもらわないとわからないし、それは著者に対して失礼ではないか」「聞いたら、そこに左右されることもある」「そんなの自分たちで考えることだと言われますよ」というようなことを言ったことがあります。そのときと同じ思いもありました。わたしたちで判断していくことだと思い、結局、みなさんに質問するのはやめました。しかし、その時点では、まだ、確定はしていませんでした。

もし、聞いていたらどうなったのかというのも、いま、考えてしまいます。2月に東郷さんのお店を訪れたとき、「わたしはオカマだから〜」とあっけらかんと言う彼にわたしは驚きました。一方で、メディアが「オカマ」という言葉を差別的に使い、さらにそこからさらに差別が広がる「力」ともなってしまうこと（差別の再生産）も考えました。そのまた一方で、東郷さんを異端視していないかと、自分でも考えました。「個に生きる」の企画で、彼を取りあげるとき、「オカマ」という言葉は避けて通れません。しかし、ことばは時代とともに使われ方で変化する〝生もの〟だという思いもあります。そして、4月下旬、ふたたび東郷さんにお会いしたとき、今回、著者が最後に聞いている質問と同じ意味のことや、時代のことなどをわたしなりに訊ねました。「オカマってわたし、大好きなことば」と「カーマ」のことを、そのときも東郷さんは言っていました。もし、勉強会で質問をしていたら、今度は東郷さんの言ったことをどう考えるかになったかもしれません。もちろん、ここは推測になってしまいますが……。

6月15日号の表紙と目次を見ていただきたいのですが、そこには「伝説のオカマ」とは出ていません。表紙のタイトル出しのとき、著者からのタイトルを見て、その部分はとりました。「愛欲と反逆に燃えたぎる」となっています。「オカマ」という差別的にとられる表現だけが一人歩きし、記事を読んでもいない人たちが差別としてとらえることもあるという思いがあったからです。そのことは著者とも話しました。広告についてもそういう場合は、そうすると話しました。そして、本文です。まだ、迷いがありました。表紙・目次はそうだといっても、ここもタイトルだけをとらえて差別が広がるのではないかとも思いました。その一方で、文脈で判断するということもあったと思います。また、ある社員がレイアウトのタイトルだけを見て、「オカマって大丈夫?」とわたしに聞きました。そのとき、「それは中身を見て」と答えています。本文で、オカマと〝オカマ〟の使いわけをしていること、そこがタイトルにも結びつくと先に述べましたが、タイトルで、〝〟をつけて、伝説の〝オカマ〟とするのはどうか、という議論も出ました。それは違うのではないか。〝〟をつけたところで、こちらの免罪符的なところもあるのではないか(これは他の点でもそうではないかと話しました)。そして、〝〟をつけると、東郷さんが言っている愛を意味する「カーマ」の意味としての「オカマ」ではなくなるのではないかという思いもありました。6月12日の校了時まで、削除するかどうか悩んだことも事実です。また、何か異議申し立てがきた場合、わたしも著者も向き合うということまで、話しました。

先週の編集会議(6月13日)で、ある編集部員から「差別表現を考える」という企画が出ています。金曜日編集部が考える「差別表現とは何か」～金曜日誌上で起きた「差別表現」についてその経緯を振り返り、編集部で考え悩んだ過程を伝えるという趣旨の企画でした。

そのとき、それぞれの部員がどんなことを悩んだことがあるのか、具体例は？　ということになりました。差別的だと言われる表現について、それでも伝えないといけないときとはどういうときか。削除する、削除すればすんなりいったのか。また、「ゲイという言葉で傷ついた人がいる」というのも思い出しました。そのとき、6月15日号はできあがっていなかったのですが、「今回の記事でいろいろと考えたこと、考えなくてはいけないこともあるので、ぜひ、読んでもらいたい」というようなことを編集会議で伝えました。

以上、いくら経過を説明したからといっても、出た印刷物にふれて、どう感じたかになります。そのことで「傷ついた」「踏まれた」という声、そして、こちらには届いていない声になっていない声も受けとめます。その受けとめ方についてですが、まだ、いまのわたしにはどのようにというのがわからないのが正直なところです。著者も伊藤さんと話したいと言っています。また、「著者は勉強不足だ」という指摘をされているとのことですが、この部分は、直接、具体的にお聞きしたいです。それは編集担当者としてのわたしの「勉強不足」ということにもなるからです。また、同性性愛者という言葉の使用などについては、著者からの意見があります。以上のいまのわたしの気持ちをお伝えしたうえで、すこたん企画のみなさんとの対話をお願いしたいと思っています。

お詫びしなければいけないことがあります。

先週土曜日、渡辺あてに伊藤さんから連絡があったことを、当日、わたしは聞きました。

「早く対応をしよう」、月曜日に著者とも話し合おうということになり、著者に連絡をとりました。そして、月曜日、「伊藤さんたちと会って話をしたい」「できたら28日以降で」というのが、わたしと著者の意見でした。なぜ、すぐではなかったのかというひとつの理由として、これは前述しましたが、先週、会議でわたしが「この記事を読んでほしい」と部員に呼びかけていたこともあり、その話をしたい、聞きたいというのがありました。もうひとつ、これはわたしたちサイドのことになってしまうのですが、本誌で1昨年に発表した「代々木ゼミナール日本史講師の性暴力」の記事（著者：及川、編集担当：山中）が加害者の講師から名誉毀損で訴えられています。その高裁判決が来週の水曜日（27日）に控えています。裁判が終了してから（28日以降）お願いしたいという気持ちがありました。そして、29日は終日大丈夫なのですこたん企画に伺えるけど、28日は予定が見えないという意味で渡辺に伝えてしまいました。なぜ、「声をあげた側」「踏まれた側」がいつも足を運ばないと行けないのかとの伊藤さんからの指摘はおっしゃる通りで、わたしの安易さから出たこととはいえ配慮が欠けていました。この点、お詫び申し上げます。

2001年6月22日（金）

以下は著者の及川からの手紙です。（省略）

＊

これってどんな手紙？

シリーズ「個に生きる⑤　東郷健」『伝説のオカマ　愛欲と反逆に燃えたぎる』（著者は及川健二くん）掲載後、伊藤悟さん（すこたん企画＝「同性愛に関する正確な情報を発信している当事者団体」を自称している団体）からの抗議の声を受けて（わたしは直接、聞いていません。文書も届いていません）、記事担当者のわたしが発売一週間後に出した手紙です。名前をあげて、担当者の考える意図を強く要望され、メールとＦＡＸで送りました。それは校了時、編集長代理に「何かあったら向きあう」と言ったからでもあります。担当者が個人的にすこたん企画とやりとりをすることへの異論も編集部内にありました。逆に、出さないとはじまらないといった意見もありました。

今回の「オカマ」表現をめぐって、「組織」のなかの「自分」についてさらに考えるきっかけになったと思います。抗議を受けた直後、担当者のわたしが何を考えていたかがわかる手紙です。社内でも配布しています。

一連の経過などは『週刊金曜日』では、「性と人権」（二〇〇一年八月二十四日号、同十一月九日号）で掲載されていますので、そちらを読んでください。スタジオ・ポットの「『伝説のオカマ』は差別か」（http://www.pot.co.jp/okmhg/index.html）もくわしく追っています。すこたん企画の〈「性と人権」週刊金曜日6月15日号「シリーズ個に生きる5」から考える〉(http://www.sukotan.com/friday45_top.html)でも紹介されています。

この「オカマ」表現をめぐって、辛淑玉さんが編集委員を辞任することにもなりました。

＊＊＊

及川健二くん、そしてセクシュアル・ハラスメント裁判のこと

著者・及川健二くん(フリーライター・アクティビスト)の原稿は、いままでのシリーズ「個に生きる」のなかでもっともよく取材され、いちばん読ませる原稿だと思います。

つい「及川くん」と呼んでしまうわたしですが、彼は『週刊金曜日』の投書欄に中学生の時から何度も投稿していたので、名前は覚えていました。「山中さんに会いたいです」というプリクラが貼られた年賀状が送られてきたのが一九九八年。編集部に来た彼の髪の毛は紫色でした。及川くんが高校三年のとき、同志社大学の推薦入試の推薦文を書いています。それを見ると、高校生だった彼に対するわたしの感覚は、いまも変わっていないようです。

〈彼は自分の〝ことば〟を持って、何ごとにも積極的に行動しています。ものを書くことで、社会を見つめ、「異議申立て」もしてきました。時流を見つめる目、好

奇心がありすぎるほどです。しかし、動けば動くほど「高校生だから」ということでよくもわるくも見られる面があります。メディアの歴史、問題、そしてそのあり方を調査・研究し、さらに力をつければコワイものなしです。ジャーナリズムがどこを向いているかわからなくなっている現在、これからの四年間の自由な空気、やろうと思えば何でもできる環境のもとで学んでいくことは、彼にとってすばらしい経験になることでしょう。二一世紀に向かって、病んでいるメディアに喝を入れる存在になれると思います。〉

同志社はなぜか不合格になりました。推薦文が悪かったかな？　早稲田大学に入学し、東京で活躍することになりました。そして、『週刊金曜日』では代々木ゼミナール（代ゼミ）講師の性暴力の記事、今回の「オカマ」表現などいろいろと問題を投げかけました。何かすると跳ね返りも多い、何もしないと何も起こらないということを、彼からも学びました。そして、彼は逃げませんでした。

それは代ゼミの裁判でもそうです。手紙のなかでお詫びしている部分に出てくるので、すこしだけふれておきます。二〇〇〇年末の一審判決では、原告講師の全面的敗訴。初めて予備校を舞台としたセクシュアル・ハラスメントが認定されました。その後、講師は代ゼミを去っています。二審の東京高裁判決は、受講生Aさんへの性暴力については「講師としての地位を利用し、教え子の女子受講生に性行為を強いたという、悪質なセクシュアル・ハラスメントを取り扱うもの」と認定されましたが、他の生徒への性暴力については本人からの取材ではないなどの理由から取材不十分とされ、本誌に三十万円の支払いを命じました(訴訟費用のうち、二十分の一が『週刊金曜日』、残りを講師側)。〝三十万円〟という形で宿題をもらいました。その後、話し合った結果、最高裁への上告はしませんでした。

セクシュアル・ハラスメント裁判と二年間、向きあってきました。わたしは及川くんに「何があっても、たとえ裁判などになっても最後まで関わるというのであれば」という条件もつけて、この告発記事を書いてもらいました。特に、性暴力を伝えるということは、そこも引き受けないといけないと課したわけです。「何があっても」の予測は当たってほしくはなかったですが、講師は加害の事実だけでなく、裁判という形でさらに〝暴力〟性を出してきました。記事で告発したことも、そして、裁判でAさんをさらに傷つけてしまったのではないか、わたしたちは何ができたのか、何かかわったのか、足りなかったこともあったのではないか……これは、いまもって自問自答しています。

6月25日付でいただいたFAXに対して、お答えしたいと思います。

なお、これは、担当編集者（山中）の見解です。

なぜ、今回、タイトルに「伝説のオカマ　愛欲と反逆に燃えたぎる」をつけたかについて、もう少し伝えたうえで、（1）（2）（3）についての質問にはまとめてお答えします。

東郷健さん自身はまさに「個」として生きてきた人です。彼は「オカマ」という言葉にアイデンティティを持ちながら、一方でその存在は無視され、切り捨てられてきました。そんな彼の人生を表現するのに、「オカマ」の表現を避けて通ることはできない、ここで「オカマ」という言葉を削除する・否定すると、彼の生き方まで否定するのではないかと考え、今回、この表現を使いました。シリーズ「個に生きる」では、体制や権力などにどう向きあっているんだろう、どんな生き方をしてきたんだろう？　それを読者に伝えたいとこの企画はスタートしました。人間にある光と影の部分、矛盾も抱えながら生きていることなども紹介していこうという企画趣旨もありました。「個」として生きてきた東郷さんの人生を考えるとき、「オカマ」という表現を抜きにして語れない、また、そこを考えなくてはいけない、考えたいと思い、最終的に判断しました。
（2）で指摘されているように、「オカマ」という言葉には侮蔑的意味もあり、また、混乱をもたらす言葉として機能もしています。しかし、「性自認」としてその差別をも受け入れ、表現している彼の人生を表現するとき、この言葉は伝えなくてはいけないと思いました。わたしは、彼らの「自認」を否定することになるのではないかと思ったこともあります。今回、タイトルで削除していたら、今度は以上の考え、「オカマ」と自認している人たちを排除したことは、表面上に出てこなかったと思われます。では、タイトルから「伝説のオカマ」を削除するだけですんだのかといえば、どうしても東郷さんの言葉がわたしのなかに残っていたのです。以上のことを校了時点ですべて思っていたのか、いまとなっては確信はありませんが、ここらあたりが引っかかりながらも判断しました。

なぜ、勉強会のときに意見を求めなかったかについては、前回、その理由を明記したかと思います。いまとなっては、以下はすべて仮定でしか語れないところもありますが、それを前提にしてもう少し、お答えします。あの時点ですこたん企画のみなさんに質問したとしても、「伝説のオカマ」というタイトルはつけていたかもしれません。あるいは参加者全員の意見を聞きながら、著者とも話してつけなかったかもしれません。一般論として、「オカマが差別的に使われていることはわかりますが、オカマと自認しているひとがその差別をも受け入れ、使っているとき、どうしたらいいと思いますか?」という問いかけ方もあったのかもしれません。一般論で聞いてもわかりづらいのではないか、わたしたち自身で判断することではないかという思いがわたしのなかで強かったと思います。それは、前回明記した「屠殺」などの表現で感じたこともありました。

いずれにしても文脈、企画で判断するとそのときにも思っていました。もちろん、最終的な判断は編集部にあると思いますが、みなさんの意見を聞いたうえで、今回、この言葉、タイトルにこだわっている著者と話したのではないかと思います。そうすると、著者を通して、今度は東郷さんだけではなく、長谷川博史さん、平野広朗さんらなどにも意見を聞いていたことでしょう。東郷さんに聞いただけで、すでにわたしは悩んでいましたから……。

「オカマ、ホモ、ゲイはすべて本人の自認によるもの。オカマと自称する人たちを排除することはどうなのか。人間はすべて性的な存在なのに、ゲイに関する性的なものを拒絶することで逆にステレオタイプのゲイ像をつくりあげている」と長谷川さんが語っているように、本人が「自認」しているとき、どう考えたらいいのか。そこでした。ここで、なぜ、彼のことを紹介したかといえば、著者の及川が先日、お送りした手紙のなかで、『週刊金曜日』でもこれまでゲイにまつわる話をとりあげていると言っていますが、これは『週刊金曜日』(2000年1月28日号)の「金曜日で逢いましょう」で長谷川さんにインタビューしていることなどもあります。彼らの意見でまた、やはりつけるか、つけ方はどうするかについて悩んだのではないかと思います。しかし、そこで悩んだほうがよかったのかもしれません。

それはすべて振り返って、いま、考えるとどうなのかの話になってしまいます。けっきょく、なぜ、問いかけなかったか、悩んでいるのなら聞くべきというのはたしかにその通りだと思う一方で、そうすることでますます混乱するのではないか……、とにかく自分で考えなくてはというブレーキが働いていたんだと思います。各方面に意見を聞いて最終的に決断したときと、今回、私たちなりに考えた決断の違いがどこに出てきたのかはわからないところはあります。

しかし、それ以上に、わたしのなかに「オカマ」と自認している人たちを排除しているのでは、という気持ちがあったのではないか。おそらくあったのでしょう。こちらも排除の論理ではないか、抹殺しようとしているのではないかと。それは、東郷さんにはじめてお会いしたときの「驚き」というところに出ていると思います。彼に、異性愛強制社会のおかしさと同性愛を侮蔑的に表現する「オカマ」についてどう思うかと聞いたとき、わたしのほうこそ「オカマ」を自認しているという彼を不快だと思っているから聞いているのではないか、彼の言うカーマとしての「オカマ」を否定するとどうなるのか、「オカマ」という言葉を消すことができるのか、同性愛の発言を抹殺する異性愛の発言とどこが違うのか、「オカマ」の表現を避けることは過度な自主規制につながるのではないかなども、自分に問いました。「いちばんナイーブな人を考えたい」「強い人でなく、弱い人にあわせる」「善意でも人を傷つけることがある」ということ、勉強会のことも一方で思っていました。そして、本文も読まずに不特定対数の人が目にする表紙、目次、広告では使わないということにしたのですが、しかし、その判断にも、「オカマ」を自認する人たちから「オカマを差別しているんじゃないか」と問われれば、いまのわたしには答えられないところがあります。メディア側、差別を再生産してしまう側は、そのあたりについて細心の注意を払いすぎてもということは自覚していたつもりですが、両方に引っ張られる形になったと思っています。

もどって（1）についての質問ですが、「オカマ」という言葉が持つ暴力、差別の再生産、社会的機能について考えるとき、たしかにどこに書かれても、目にふれても一人歩きすることもあります。「オカマ」という言葉の使い方、言葉がひとり歩きするということについてですが、わたしは、生きもの・生ものである言葉は使われ方、使う人によって侮蔑的、差別的にもなると考えています。そして、現存として、差別としてとらえられる社会がまだ、存在しているのも事実です。そのなかで、混乱をもたらす言葉を使う場合、どう思ったかなどは考えてきたと思っています。同性愛を侮辱する、マイノリティーを蔑むという気持ちで紹介した企画ではない、そして、「週刊金曜日でオカマと使ってあった」と差別が助長される方向に向かう（あるいは向かった）という意見があるとすれば、それはやはり、記事、文脈で判断してもらいたい、それで差別が広がるというのであれば、そこはこちらの意図を伝えていかなくてはと思いました。東郷さんの「オカマ」としての生き方を受け入れ、そして、彼の生き方を読者に伝えたいと思ってスタートしたのがまず、原点にあります。

そのなかで、おそらく（2）で指摘されている点がいちばん問題になるのだと思われます。

（2）で指摘されていること、そして、勉強会での話、また、平野広朗さんが『〈性の自己決定〉原論』のなかで指摘している「オカマ」（①炊事・湯沸かし道具②（形の類似から）

尻の隠語③肛門性交の受身（の男）④（男↓女の）「性転換」者⑤女装者⑥ニュー・ハーフ⑦ゲイ・バーのバーテン⑨「女っぽい」ゲイ⑩（漠然と）ゲイ⑪「男らしくない」男）について、③〜⑪の差別語として機能するということも本文を書くうえで著者も理解のうえでした。ここで、東郷さんを指して差別的に言われる「オカマ」（アナル・セックスを強調することば）についてどうなのかを問う意味で、東郷さんに著者が聞いた質問にしぼって問いかけ、表現していると思いました。しかし、東郷さんへの質問、そして彼の答えだけではなく、社会で差別的に扱われている「オカマ」の現状について（③〜⑪）のことも指摘したほうがよかったかといえばそこの部分は足りなかったかもしれません。踏み込めばよかったとも言えます。そして、それを原稿段階で著者に「もっと現状を書き込んだら」ということをわたしは言っていません。語源については、東郷さんの指摘するという意味でカーマの部分を伝えたという意味です。

それ以上に、「オカマ」ということばとともに肯定的にとらえる東郷さんに対して、わたしは驚いていたんだと思います。

いまのわたしの考えは以上になります。

前回の繰り返しになりますが、いくら語ったとしても出たもの、目にふれたものでどう、感じたかがすべてになります。勉強会もしたのにと思われるのも当然のことだと思います。差別を助長する、いや、自認している人を差別しているのではないかの間での迷いが、わたしにはありました。勉強会で聞かずに、いまだに、迷っているこの「自認」の部分については、できることでしたら、ぜひ、みなさんとお話したいと思っています。うまく表現できませんが、セクシュアリティ、マイノリティーについて、表現する側が敏感に感じないといけないという思いをさらに強く感じています。今回のわたしがとった行動への批判も含め、わたしとしては本誌企画、あるいは、何らかの形で伝えていくことができればと考えています。

2001年6月29日（金）

＊

これってどんな手紙?

六月二十五日（月）付でわたしあてに届いた手紙を受けて、すこたん企画に出した二回目の手紙です。これも社内で配布しています。その後の経過は「性と人権」（二〇〇一年八月二十四日号）を読んでください。この手紙で平野広朗さんが指摘されたオカマの説明部分ですが、「男娼」がすっぽり落ちています。（平野さんの文章では、⑦男娼　⑧ゲイ・バーのバーテン）。これは、わたしの入力ミスです。

『クィアジャパン』編集長の伏見憲明さんの呼びかけで、〝オカマ表現〟問題を考えるシンポジウムが九月三十日、新宿・ロフトプラスワンで開催されました。編集部からも黒川宣之さん（編集長）が代表して出演。すこたん企画は出演を辞退しました。当日、わたしがこの手紙にあるような迷いがあったことを話したところ、ある面で〝評価〟されました（ポット出版から、二〇〇二年一月、このシンポジウムなどをまとめたシリーズ『反差別論・更新のために』〈仮〉が出版されます）。わたしの迷いは社内で否定され、批判された部分ですから、とても不思議な思いがしました。自分でもはっきりしないといけないと思いながら、逃げていたとも思っています。

「性と人権」の特集で筑紫哲也さんが書かれた「『触らぬ神に祟りなし』を決め込んでおれば、こういうことは起きない。……」という一文を読み、ここで立ち止まっていてはいけないんだと思いました。ことばで傷つけたり、傷ついたり、あるいはことばで元気になるんだなと。そして、いまいちど、小浜逸郎さんの『「弱者」とはだれか』（PHP研究所）を読み、考えさせられています。

金曜日でわたしが学んだことは、頭で考えている論理では「弱い」ということ。たとえば買売春もそう。「売春はいけない」といった頭のなかの論理で考えていることに気づきました。それを教えてくれたのが鈴木水南子さん（現役・元セックスワーカーのためのピア・カウンセリング)。彼女との出会いが、わたしのフェミニズムを再考するきっかけにもなりました。

今回のことで自己反省&自己批判もあります。ただ、運動か表現かといわれると、わたしは表現者だという思いの方が強い。背景も含めていまいちど、検証しなくてはいけないのかもしれません。

東郷健さんは、まさに「個」に生きている人です。オカマ部分が目立っていますが、天皇を頂点とする差別社会を指摘しています。「さあズボンのチャックをひきずり下ろせ　天皇にまつわる資本家共に向って　君の銃口を立てて発射せよ」(東郷健)。女の客はほんとはダメなようですが、それに出てくることばもお上品だと思いませんが(なぜか、憎めないんですよね)、東郷さんのお店「サタデー」通いはこれからもしたいです。内田豊治くん(カメラマン)が撮ってくれた東郷さんとのツーショット写真をずっと会社の机の前に飾っていました。

わたしとすこたん企画との対話はまだ、時間がかかるかもしれません。

表現者&アクティビストたち

＊

岩城宏之さま〈指揮者〉

おはようございます。

「楽のとき」の御原稿ありがとうございました。

「企業秘密」は第1の生徒である私がすべて隠しておいて、そして、ステキな指揮者の卵にこっそり教えてあげたいと、もくろんでいます。でも、そういう指揮者に会うことは決してありません。ドラマのようにうまくいってくれません。今度、時間がある時に「ドラマでの指揮者の描かれ方」について、調べてみたいと思っています。おもしろかったら、ぜひ、ネタとして使ってください。

やっぱり、「森のうた」をドラマ化するとおもしろいと思います。

傑作だと思います。

もうひとつ、いま「セクシュアル・ハラスメント」の企画を進めているだけに、「フィガロの結婚」などの話は笑ってしまいました。「フェミニズムざーます」のおカタイ学者の先

＊

生方にユーモア感覚が少しでもあったら、いろいろと世の中も違っているだろうなあと思ってしまいます。

突然ですが――

次回の号から「話の特集」の担当が私から×××（男性）に変わることになりました。昨日、矢崎さんのところに行き、お伝えしてきました。昇進して〝えらく〟なったからでも、会社を辞めるからでも、矢崎さんから〝セクハラ〟を受けたからでも、子どもを産むからでも……ありません。2年ていど担当した企画に関しては、担当を交替することがあります。あと数回で「楽のとき」から「カラムコラム」にとのお話を以前にうかがいましたが、そのご意向もお聞きしたいと思っています。連載である「楽のとき」に関しては引き続き、私が担当させていただきますので、もうしばらくおつきあいお願いいたします。

本日は出たり、入ったりしていますので、また、ご連絡いたします。

1997年9月9日（火）

＊

これってどんな手紙？

「話の特集」（企画・構成＝矢崎泰久）のコーナーをスタート時から二年くらい担当していましたが、これは担当が代わることを告げるFAXでの手紙です。薬師丸ひろ子主演の世界的音楽家（指揮者）との恋愛〝不倫〟ドラマ『ミセスシンデレラ』が放映され、そのストーリーをめぐっての話が出てきています。脚本が知り合い（浅野妙子さん）というのもあって、けっこう辛口で見ていました。ほんとうに指揮者はそうなのかなと、岩城さんに質問して盛りあがった後に出した手紙です。

前略

ご無沙汰しています。海外公演中だとうかがいました。

単行本『楽のとき』を送っていただきました。ありがとうございました。岩城さんの本にお名前を出していただけるなんて、たいへん光栄です。ちょっと、いえ、かなりまわりに言いふらしています。和田さんのイラストもすてきです。読んでいて思ったことがひとつあります。本誌でも各回ごとにタイトルをつけたほうがよかったかなということです。いま、

「話の特集」のレイアウトをふくめたリニューアルについて議論しています。途中からになりますが、「裏方のおけいこ」について検討してみたらどうかなとも思いました。

別冊ブックレット「買ってはいけない」を出版しましたので、岩城さんにぜひ、読んでいただきたいと思いお送りいたしました。なかなか売れ行きも好調です。また、お時間があるときに感想なりお聞かせいただければなと存じます。

そんなことにもどっぷりつかっていましたので、いま、何かはじめたいという気持ちがむくむくわいてきています。今後、再就職できることもふくめて、最近、3つのことをはじめました（はじめようと思っています）。

ひとつは、陶芸。今までも萩、益子などでちょくちょくやっていたのですが、今度は定期的にならいに行こうと思っています。茶碗など実用的なものをつくりたいとたいへん現実的ですが、人さまに見せられるものができるようになりましたら、岩城さんに何かプレゼントしたいと勝手に思っています。きっとまだまだ先のことになると思いますが……。

もうひとつは、カメラ。60年代の中古カメラ「オリンパスペン」（ハーフサイズ）を買い、かわいがっています。マニュアルはまだまだ素人です。とくになにを撮りたいというのはないのですが、ひとつ、これから出会った人もふくめ「わたしが出会った人たち」を撮っていきたいと思っています。ぜひ、被写体になってください。でも、まだカメラがいうことを聞いてくれないようなので、いまいちボケボケになることがあります。師匠にもっとならいます。デジタル時代、いわば逆行気味ですが、実はつい最近、デジタルカメラで撮ったものをぜんぶ消してしまい、泣いてしまいました。カメラならそんなことはないでしょう。

そして、もうひとつが指揮者になる道。「おうちで指揮者」という指揮棒付きのおけいこセットを手に入れました。「通販生活」で見つけ（別紙同封します）、おもしろそうなので早速、購入し、先日、届きました（ご存じだったら、ごめんなさい）。まだチャレンジしていませんが、岩城さんがご帰国のころには、何か1曲ぐらい練習できているのではないかと思います。CDに入っている練習曲は、ラデツキー行進曲、「ペール・ギュント」第1組曲より「朝」、交響曲第3番「英雄」より第1楽章、交響曲「未完成」より第1楽章、「メサイヤ」より「ハーレルヤ・コーラス」、「管弦楽組曲第3番」より「アリア」、劇音楽「真夏の夜の夢」より「スケルツォ」、スケーターズ・ワルツ（以上は1拍子から4拍子まで拍子の練習曲）、「ニュルンベルクのマイスタージンガー」第1幕への前奏曲、ヴァイオリン協奏曲集「四季」より「春」、交響曲第5番「運命」（以上はコンサート形式で振ってみようという総合練習曲）です。

お手上げ状態になりましたら、そのままそっくり、お渡しします。

からだのほうは、ぼちぼちといったところです。心身ともにずいぶん落ち着きましたので、今年は岩城さんのコンサートを観に行きたいと思っています。

それでは、わたしが大化けして名指揮者になれるか、迷指揮者になってしまうか、ご期待

ください ませ。
ワープロでのお手紙になり、失礼しました。
またお目にかかれる日を楽しみにしています。

草々

1999年5月23日（日）

＊

これってどんな手紙？

『指揮のおけいこ』（タイトルはこちらです）が文藝春秋から単行本になり、送っていただき、そのお礼の手紙です。ちょうど『買ってはいけない』発売直後で、まだ、ベストセラーになると思ってもいませんでした。単行本になってまとめて読むと、岩城さんの文章のテンポのよさにまたまた入り込みました。「おうちで指揮者」は、お手上げになったのはいうまでもありません。陶芸は音符の箸おきがいいかなあと思っていますが、まだ、実現していません。

入院の大〝先輩〟である岩城さんに、入院時の快適生活をいろいろ教えてもらいました。岩城さんの写真は、快気祝いをしていただいたときにパチリ。カメラも、「わたしが出会った人たちを千人斬り（撮影）したい」と続けてきました。これは老後の楽しみ。数百枚は撮っているでしょう。シャッターを押すのは一度だけ。マニュアルカメラの腕はまだまだなので、岩城さんの写真はいまいちでした。もう一度、撮影させてもらいたいです。

中古のオリンパスペンを何台か買いましたが、いま愛用のオリンパスペンF（一眼レフ）は、本多勝一さんから〝退院祝い〟にいただいたカメラです。ベトナム取材時に使用されていたものです。わたしの宝物です。

＊＊

わたしが見た岩城宏之さん

𝄞を見て、すぐに思い出すのが岩城さんのこと。編集担当者だと話して、うらやましがられたナンバーワンは岩城さんです。はじめてお会いしたのはホテルオークラ。まわりがあまりに〝世界の岩城〟とか、おそれおおいと言うもんだから、緊張していかないといけないのかなと思っていました。カレーを食べました。らっきょうがつるんと足元に落ちて、「まずいな。緊張していると思われたかな」と思ったのを憶えています。

「岩城さんは、◎×◎×についてどう、思っているのかな?」と専門的なことを聞いてきた人もいたけれど、クラシック音痴のわたしにはちんぷんかんぷん。そういえば、そんなお話はしてきませんでした。岩城さんがデパチカ(デパート地下食品売場)でいま、こういう食べものに凝っていて何度も通ったら顔を覚えられてしまったとか、そんな話が多かったです。

指揮者をやめていまから再就職口はあるかを調べたり、遊び心や好奇心いっぱいなところなどとてもすてきだと感じながら、一番の生徒だと勝手に思いながら担当してきました。電話でお話を聞いて(口述筆記)、原稿にまとめたのも思い出。「いつまで東京ですか?」が電話でのわたしの口癖になっていたようです。

＊

エムナマエさま〈作家・イラストレーター〉

きのう、今日、暑いですね。

金曜日の山中です。

長谷川きよしさんのコンサートのお誘いいただきましたが、前々からの仕事が入っていて、いけずに残念でした。早いものでおふたりの対談からもう、3年も経ちました。

7月7日号編集後記で、ナマエさんのことをすこしだけ書きましたのでお送りします。早くニューヨークに行き、この目でその熱気をみたいです。

▼イラストレーター&作家のエムナマエさん。パートナーのこぼちゃん、盲導犬のアリーナともに食べ歩き仲間です。アメリカの大手子ども服メーカーのカーターズ社から先月、「エムナマエ」コレクションが発売になり、大ブレイク中です。ナマエさんのイラスト入りベビー服やぬいぐるみなど試作品を見たのですが、どれもかわいすぎる！　自称「エムナマエ広報担当」として、この動きにワクワクしています。カーターズ社はナマエさんが全盲だと知らずにコレクションの採用を考えたとか。ナマエさんは「哲学をもった表現者」です。作品

＊

勝負のアメリカと、よいもわるいも独自で判断できない日本の違いを今回も感じました。

ナマエさんは、糖尿病患者のための専門月刊誌『さかえ』に「失明地平線」を連載中。こちらもドキドキする文章です。もうひとつ最近、ドキドキした記事といえば、『朝日新聞』(六月二五日付)日曜版の「名画日本史」。死刑制度を考える企画としてピカイチでした。

先週末、横浜で開かれた全国読者会に参加しました。二二読者会、個人参加をふくめると総勢五九名。生の声は元気の素になります。お酒も飲めるようになったし、これからもっと読者会に参加しようと思っています。(山中登志子)

2000 7 3

＊

これってどんな手紙?


長谷川きよしさんのコンサートのお誘いを受けた後のメールです。長谷川さんとの対談企画「盲目の表現者　歌、絵、人生について語る」を担当しました。

読者会にはあまり参加できませんでした。これから一読者として参加しようかな。

＊＊

わたしが見たエムナマエさん

エムナマエさんとの出会いは、一九九六年、クレヨンハウスで偶然見つけた彼のポストカード。「なんて色鮮やかでストレートな絵なんだろう」と思わず手にしました。目の見えないイラストレーターだと思っていませんでした。人工透析をうける第一級の〝障害者〟であることを知ったのもあとからです。また、勝手に女性だと思い込んでもいました。それから『金曜日』で逢いましょう」で紹介記事を書きました。ほんとは「個に生きる　エムナマエ」を思いっきり書きたいところです。ナマエさんに著者としての魅力を感じ、「ぜひ、誰か人物ルポをしましょう」と言うと、元プロ野球選手の落合博満さんのことを書きたいとのこと。近々、書き手としてナマエさんが「個に生きる」に登場します。

「自分の失明人生」のプロデューサーであるナマエさんの生き方はまぶしいです。そして、新たなる旅立ちとなるこのわたしの本に、ナマエさん直筆のイラスト「ポポカ」を描いていただいたことは、とてもとてもうれしいです。もっともっと広報担当者としてがんばらなくっちゃ。

毎年、わたしの家に飾るカレンダーはエムナマエ作。二〇〇二年もすてきなカレンダーで彩られます。

▼エムナマエホームページ　http://www.emunamae.com/

＊

宇野千代さま〈作家〉

謹んで一筆申し上げます。

風薫るさわやかな季節となりましたが、いかがお過ごしでしょうか。

突然のお手紙お許し下さい。

私は『週刊金曜日』という雑誌の編集をやっております山中登志子と申します。『週刊金曜日』は昨年の十一月に創刊した新しい雑誌で広告は掲載しても経営基盤はそれらの収入には依存しない、定期購読者を中心とした週刊誌です。現在五人の編集委員（井上ひさしさん・久野収さん・椎名誠さん・筑紫哲也さん・本多勝一さん）のもとで編集を行なっております。最新号（五月二〇日号）を同封致しますのでご一読いただければ幸いです。

私は宇野先生の狐疑逡巡しないイキの好さが昔から大好きです。ぜひ小誌にご執筆いただけないかと思い、先だってお電話させていただきました。

私はいくつになっても恋愛をしていたいと思っております。しかし、日本ではことに高齢者の恋愛となると蔑視される傾向にあると思われます。これは何故なのか、いまだにわかり

＊

かねております。

そういった点に関して、先生に「老年期の恋愛、性（セクシュアリティ）」をテーマにご寄稿願えないかと思っておりました。現在、原稿のご執筆はお断わりされているとのこと、誠に残念に思いましたが、私の気持ちだけはお伝えしたいと考え、筆をとっている次第です。

また、宇野先生にもう一つお伝えしたいこともあります。私は先生と同じ山口県岩国市の出身です。一九才まで岩国にて過ごしました。東京で暮らし始めて今年で九年目になりますが、上京して改めて田舎の良さ、大切さ、あたたかさを感じております。今では「私自身の原点は岩国にあるのではないか」とさえ思っています。その思いはいっそう深まってきております。

昨年、雑誌の編集の仕事とは別に私は岩国の錦帯橋を題材にしたラジオドラマの脚本を執筆しました。十一月末に放送されました。本日、その際に録音したカセットテープを同封させていただきました。お時間が許せばお聴き下さいませ。四十五分間のドラマです。

私は故郷・岩国への想いを込めて書きました。今後も何らかの接点を持っていきたいと思っております。

長々と記してきました。

新参者の週刊誌ではございますが、今後も何とぞよろしくお願い申し上げます。

先生におかれましては、くれぐれもご自愛下さいますように。
今後もご多幸を謹んでお祈り致します。
ごめん下さいませ。

あらあらかしこ

一九九四年五月二十一日

＊

これってどんな手紙？

「老年の恋」について執筆いただけないかとご連絡したところ、電話に出られた方から、もう高齢で無理だと断られました。それでも気持ちだけでも届けたいと思って出した手紙です。いまだと「先生」という言葉は使わないです。とにかく、無理している感じのかたい、かたい手紙です。

「老年の恋」の企画は「老人と性」として波多野完治さん（心理学者、二〇〇一年死去）、安西篤子さん（作家）に登場してもらいました。

＊＊

わたしが見た宇野千代さん

「わたしは死なないと思います」とおっしゃっていたことばが耳に残っています。一九九六年に亡くなられました。恋愛にしても、自分に正直に生きられた女性だと思います。くよくよせず、つらいときも前向きにといったイメージがあります。一緒に麻雀したかったです。

聴いていただけたかはわからないけれど、お送りしたわたしが書いたラジオドラマ『橋の上の再会』は老年の恋がテーマ。でも、宇野さんから見ると、きっともたもたした恋物語に写ったことでしょう。お会いして岩国のことをたくさんお話したかったです。

*

山田太一さま〈脚本家〉

前文ごめんください。

本日はお忙しいところお時間を割いていただきましてありがとうございました。

いつも自分では自然体でと思っているものの今日はひじょうに緊張し、さらには舞いあがってしまいました。テープを聴き返してみても自分でもわけのわからないことを口ばしっていて今さらながら赤面しています。まだ〳〵お聞きしたいことがあったのですが――。

週刊誌ということもあって日々追われて、つとに最近は心に余裕がなくなっていましたが、今日はすてきな一日となりました。

お風邪が早くよくなりますように。とり急ぎ御礼申し上げます。

草々

一九九五年三月二日（木）

*

＊

これってどんな手紙？

知人会の新作芝居『夜中に起きているのは』についてお話を聞き、その後に出したお礼の手紙です。取材申し込みの手紙が出てこないのが残念。ほんとうに緊張したインタビューでした。

＊＊

わたしが見た山田太一さん

好きな脚本家と聞かれれば、山田太一さんと答えます。山田さんのドラマは見逃したくない、せりふを聴き逃したくないと思っています。

思い出せないのですが、舞台の初日に電報を送ったようです。そのときにいただいたお礼のおハガキが出てきました。わたしはあんまり緊張するほうではないのですが、当時のドキドキ感はいまも続いている気がします。

シナリオをかじったのは二十代半ばのこと。六本木のシナリオ学校に仕事帰りにカルチャー気分で通っていました。山田さんにはそのときにもお会いしています。当時、一緒だった人たちは、いまや売れっ子で活躍中。わたしに足りなかったことはなんだろうと思うと、根気と伝えたいという気持ちかなと思っています。それ以上に、活字メディアが好きだということかな。戯曲や、シナリオを読むのが好きなので、山田太一作品はそちらでも楽しもうと思っています。

＊

渡辺えり子さま〈女優〉

「金曜日エッセイ」ご執筆のお願い

舞台や映画にとご活躍で、お忙しい日々だと存じます。

『月刊金曜日』では大変お世話になりました。

本日は小誌にて、エッセイのご執筆をお願いしたくご連絡申し上げます。

遅ればせながら、ご結婚おめでとうございます。

昨年の春に行なわれました「劇作家協会主催」のチャリティショーで、ドレスを着て熱唄された姿を拝見し、「これは何かがある！」と思っておりました。その後、ご結婚のお話を伺い、納得してしまいました。

「独身女性は夢がある」とご著書で一言、お書きになってらしたと思いますが、私はその言葉通り、日々、夢を持って生きている一人です。また、日本の結婚は職場結婚が第一位ですが、渡辺さまもそのおひとりでいらっしゃいますが、一ファンとしましてもその辺りのとこ

＊

ろを、今回ご執筆いただけないかなと思っております。

また、沖縄・太田知事にお会いになられたときのことなど、最近のご近況でも構いません。

書面でのご挨拶となりますが、何とぞ、ご検討のほどよろしくお願い申し上げます。

記
◆掲載号：4月下旬発売号（予定）
◆本文枚数：20字×80行（400字詰　4枚相当）
・末尾に肩書きをお願いいたします。
・ご参考までに今までの「金曜日エッセイ」のコピーをお送りいたします。
◆締　切：4月12日（金）
・ご相談させてください。
◆原稿料：16000円（税込）
・振込先口座も合わせてお知らせいただければと存じます。
よろしくお願いいたします。

1996年3月11日（月）

＊

これってどんな手紙？

「金曜日エッセイ」お願いの手紙です。この後、「私には判らない事が多過ぎる」と題したエッセイを書いていただきました。この頃、担当していた「金曜日エッセイ」で松本侑子さん（作家。大ファン）、花柳幻舟さん（創作舞踊家）、辻元清美さん（現、衆議院議員）、竹熊健太郎さん（編集家）、岡田斗司夫さん（オタキング）……など惹かれる人たちに依頼していました。エッセイでいえばその後、関西のメンズリブの人たちを中心に「さようなら男らしさ」を書いてもらいました。

渡辺さんは著書で、恋人がいない女の不利な点を十ほどあげ、有利な点は一点「夢がある」（夢に勝るものは何もない）と言い切っていました。おもしろかったのでいまでもその部分のコピーはずっと持っています。

＊＊

わたしが見た渡辺えり子さん

テレビや映画に出演される渡辺さんの演技も好きです。でも、芝居はもっと好き。だから一九九七年暮れの劇団３〇〇の解散はすごく寂しかったです。でも、新しいユニット「宇宙堂」が二〇〇一年四月に旗揚げされ、これからの楽しみが増えました。

＊

森達也さま〈映画監督・テレビディレクター〉

はじめまして。『週刊金曜日』山中です。

昨日、一緒に仕事をしている及川くんがロフトで森さんにお会いしたことを聞きました。

それで、メールアドレスをうかがった次第です。

「A」についても興味持っていますが、現在、「部落差別と人権」を企画しており、その件でいつかお話しをお聞きしたいなと思っています。

メール友だちがいないとのことなので、送ってみました。

1999 11 11

＊

＊

これってどんな手紙？

「はじめまして」で送ったメール。森さんから、「へんなメールが届いたのを憶えている」とこの間、言われました。そうそう、そういうふうに憶えてもらうことがまず、大事。「……まだ覚えて一週間の初心者ですが、こうして顔も知らない方と文章でやりとりをするというのは、妙に淫靡で不思議な感覚だなあと嘆息しながらキーボード打っています……」と森さんから返事をもらいました。このときはまだ、「A」を見ていませんでした。

＊＊

わたしが見た森達也さん

前々から、森さんはたいへん気になる方でした。

「A2」が二〇〇二年春に公開されます。九月に特別試写を見た当日、わたしが感じたことを伝えました。それを紹介します。森さんへのメッセージです。

〈……女性の住民がひとつのことを極めている信者を評価していましたが、アレフ、オウムへの畏怖（あるいは評価）は、そこにあると思います。変わらない信念というか……

　世の中みても、なかなかひとつのことを極める、追究する人は少ないですよ。右翼もそうですね。それは、『おたく』にも感じますが、彼らも差別の対象になっています。それはきっと対象によって、受け入れ方が違うんだと思います。おたくは差別され、学者は持ち上げられる。学者もおたくだと、呼びたいです。持っている価値観を共有できるかどうかは別の問題ですが、少なくともわたしは、そういう人たち、こだわっている人たちに惹かれます。愛するかどうかも別ですが……。反対運動の住民って、滑稽ですね。基本的につるまないと、モノが言えないひとは苦手です。それはともかく、なにかわからない子どもを連れて、一緒にやっているのを見て、ほんと、この国には子どもの人権はないんだ、と思いました。そういうのに気づいていない人たちがデモをすること自体、気持ち悪いです。自分たちさえ、よければいいというのもです。右翼の人たちのほうが、次への意志がありますから。

根底は、いじめの構造ですね。でも、人って変わるんだということも十分、感じました。『光』ですね。それは、よく、見えてきました。……〉

「A2」もいろんなとらえ方があると思います。映画館に足を運んでください。書き手としての森さんもすてきです。『放送禁止歌』(解放出版社)もおすすめ。

＊

松崎菊也さま〈戯作者〉

感謝・感謝でございます。

土曜日はほんとうにありがとうございました。

にぎやかにパーティを終えることをできたのも、松崎さんのおかげだと感謝しております。

ありがとうございます。

この貸しを、山中にどうぞつけておいてください。

３ヶ月間有効とさせていただきます。

また、改めて御礼申し上げたいと思っております。

1999　4　26

＊

＊

これってどんな手紙？

本多勝一さんの出版パーティーで、無理いって司会をお願いしてしまいました。そのときのお礼のメール。そういえば、何かお礼したかなあ？　していないかな。もう三カ月有効にしておこうかな。

＊＊

わたしが見た松崎菊也さん

出会いは松崎さんが所属していたザ・ニュースペーパーの舞台だったと思います。松崎さんの演出がとにかく光っていました。思いっ切り笑いました。「松崎菊也の虫メガネ」（タイトル悩みましたが、けっきょく松崎さんの案で決定）で一度、当時、担当者だったわたしもネタにされ、たいへん光栄に思っています（ほんとは、わたしがドジを踏んだんだけど）。松崎さんは達筆でとっても味がある字です。年賀状など楽しみでした。

＊

〈谷口源太郎さま〈スポーツジャーナリスト〉

こんにちは。

先日から何度かメールをお送りしていたのですが、たぶんアドレスミスで送れませんでした。

もう、ずいぶん前になりますが、先月はお時間を割いていただきありがとうございました。すこし、ずれてからのスタートになり、申し訳ありません。日の丸の原稿読みました。

スポーツジャーリストでこのような視点で書かれる方は皆無です。

松崎菊也さんが「谷口さんは、反権力のかたまりのような人だから・・・」と言っていました。

谷口さんのファンとして、これからますます連載楽しみにしています。

先だっては、ちょっとグチってしまいましたが、でもホンネです。オリンピックや堤を批判できないのでは、ダメだなと思っています。

また、江沢さんたちとゆっくりお話ししたいですね。今度は、お酒でもご一緒できればと

＊

います。

思います。

秋も深まってきました。ご自愛下さい。それでは、またお目にかかれるのを楽しみにしています。

1999 11 22

*

これってどんな手紙?

連載執筆を依頼し、その最初の原稿は「日の丸」しかないとお願いしました。その原稿があがってきた後に出したメールです（連載はスポーツコラム「一望無垠」。わたしは依頼しただけで、直接の担当者ではありません）。

江沢さんとは、江沢正雄さん（「オリンピックいらない人たち」ネットワーク代表）のこと。長野五輪が環境破壊、カネまみれだと知ったのは、金曜日ではじめて担当した江沢さんの記事「招致費返還訴訟」からでした。創刊第二号です。そのとき、堤義明コクド会長のことを知りました。コクドとは本多勝一さんのうまい表現を借りれば〝国土破壊税金泥棒会社〟。当時、もっと江沢さんたちの活動に注目していたら、長野も違っていたんだろうにと思います。

＊＊

わたしが見た谷口源太郎さん

〝汗と涙〟美談である高校野球の原稿をお願いするなど、お電話ではお話していましたが（谷口さんの声って、すごくいい感じなんです）、「はじめまして！」とお会いしたのは一九九八年、長野五輪開催中の長野。パキキーサの家（カトリック滞日外国人と連帯する会・長野）でした。一緒に長野五輪反対デモにくっついて歩いたわたしも、「もうひとつの長野五輪」として発表しました。その後、五輪とスポーツではいつも、意見を聞かせていただきました。

谷口さんが松崎さんのラジオにゲスト出演されていたとき、よく聴いていました。巨人（長嶋）ファンの松崎さんにかみついたり、ふたりのやりとりがとってもおもしろかった。また、聴きたいです。著者『日の丸とオリンピック』にはうなります。これって、文藝春秋から出ているんですよね。谷口さんとは、長野の江沢さんのところに、今度こそ一緒に遊びに行きたいです。

＊

今枝弘一さま〈写真家〉

前略

なんだか急に手紙を書きたくなり、したためています。

今回も今枝さんのこだわりにはとにかく驚かされました。毎回、毎回、それがふかまっています。わたしから見ても「このくにの職人」のひとりだなと。せっかくのペンも泣いているでしょうから、「このくにの職人」番外編　今枝弘一　写真・文＝山中登志子でやることにしましょう。とにかく同世代としてたのもしいかぎりです。社内でもけっこう話題になっていました。なかなかそういう人は少ないです。注目度はピカイチですよ。

今枝さんに会う前に、いろんな人から話を聞いていました。そのときに思ったことは、「なんでここまで人の話題にあがってくるんだろう」ということ。男の人は「危険な人」と言われるほうがうれしがるところがあるように、いい人はけっきょくのところ「ど〜でもいい人」であることは当たっています。それは記事などでも言えて、酷評記事もある意味では読まれている記事。逆になんら話題にもならない記事のほうが問題だなといつも感じていま

＊

す。個性を認めず、逆につぶそうとしてきた社会にわたしは息苦しさを感じていました。うまく言えないけど、「出過ぎた杭」好みのわたしとしては、最初からたいへんおもしろい対象だったわけです。それは当たっていたなと思っています。

今回、あらためて思ったこと。

表現できるものを持つことはすばらしい。そこにとことんこだわる姿勢は美しい。わたしは、今枝さんのにこっとした笑顔に弱い。

というわけで、表現することは方法がなんであれ、おもしろいことだと感じたわけです。もちろん怖さにもつながりますが…。ちょっと調子がわるくなりかけていたわたしとしては、そんなのはふっとんでしまいました。

もちろんイエス人間になるつもりはないし、減らず口、批評の目を持ちつづけますか、なんというか、うまい言葉がみつからないけれど、〝許容〟でしょうか… ちょっと違うかな？　そういう立場で今枝さんとは向き合って、つきあっていきたいと思っています。

まだ気が早いとも言えますが、写真集の件、わたしのなかでも最大限に考えていきます。ぜったいいいものにして、伝える。それが編集者の醍醐味だと思っています。いい男たちの表現を、伝えていくことはなかなか心地よいです（「いい男」と「いい人」では、ニュアンスが違います）。その快感を知ったことは、たいへんな収穫です。ここはやっぱり「いい男」になるので、まあ、たとえば××さんの今枝さんへの端的な指摘をわたしはズバリとは言えないわけです。もちろん程度問題ですが…。あと、ほどよい怒り（社会などに対して）を共有することが、わたしは動かすこともわかりました。「ケータイ天国　電磁波地獄」は心から尊敬する先生（わたしが、「先生」と呼ぶ人は少ないのですが）と一緒に表現できたことは、わたしの財産です。子どもを産むことで自己確認をはかっている人もいますが、いまのところのわたしはこういうのがそれに当たるのでしょう。

手がかかるといえば、そうだなあとは思いますが、なかなかの逸材なので末永くどうぞよろしくお願いします。

いま、感じている正直な思いです。夜中のラブレターではないですが、朝読み返すと出すのを恥らうかもしれないので、とっとと封をします。

では、またにぎやかにやっていきましょう。

草々

1999年4月24日［土］

＊

これってどんな手紙？

部落差別と人権「このくにの職人」第一回目（姫路・白なめし職人の森本正彦さん）が校了し終えてから出した手紙です。彼の写真はピカイチ。これは、いくら文字で説明しても無理。見てもらうしかありません。この企画もポジティブにとらえたいと思って考えた企画で（今枝さん企画）、伝統文化を紹介したい、部落産業で発展した技・生き様を紹介したいという趣旨です。白なめしにはじまって、雪駄、茶せん、桐下駄、しめ縄、桶、狸毛筆など独自の伝統文化を紹介してきました。

＊＊

わたしが見た今枝弘一さん

はじめて会ったのがシリーズ「うつす」の打ち合わせ、一九九八年六月、横浜のホテルででした。そのときは三時間以上、待たされました。その翌日から大阪で数日間、一緒に行動をともにしました。フィールドワークにも参加し、そのときに部落問題についてふかく考えるようになりました。大阪の遊郭街・飛田に連れて行ってもらったのも今枝さん。東京にもどって数日後、わたしは入院。あわただしい一週間でした。入院中、彼から手紙をもらいましたが、それも大事な一通です。

〝今枝時間〟というのがあります。姫路に森本正彦さんの取材にいくとき、夜行バスを待ち合わせたら彼が遅刻。バスは行ってしまいました。「電車がまだ、あるはず！」と急きょ、夜行列車にかえて姫路へ。そんなのはしょっちゅう。だんだんわたしも驚かなくなりました。でも、原稿や写真を待つ側はたいへんです。いったん飛び出してしまうとつかまらないし、編集者泣かせです。わたしのほうがまだ、彼より社会性があると思っています（笑）。彼の担当になるには、忍耐強さ、寛容さ、そして異分子を受け入れる〝愛〟が必須条件。でも、写真を見ると、そんなことも忘れてしまうところがある。このまま変わらないでほしいとも思います。たぶん変わらないと思いますが……（笑）。

一九八九年の天安門事件の時、ドラム缶に隠れながらシャッターを切ったのも驚きましたが、フィリピンやロシア取材も「できない」とあきらめるのではなく、「どうやってするか」を考えます。そして、するどい。何かあったときの彼のアドヴァイスは感情面優先ではなく、冷静かつ具体的で参考になります。

カメラの師匠。カメラ選びから撮影まで実践で、土門拳賞受賞の写真家から教わることができるなんてなかなかないことでしょう。けっこう深いことを教えてもらっていますが、生徒はなかなか進歩していないようです。

＊

福島菊次郎さま〈報道写真家〉

ご連絡が遅くなり申し訳ありません。

いただいたファクスを何度も読みました。いろいろなことがこの1年間で起きたこと、下関に滞在したくないという気持ちもよくわかりました。

大前提として、福島さんの表現者としての今までの実績、撮影されてきたものを後世に伝え遺したいという気持ちに変わりはありません。世紀末のこういう時代だからこそ、その思いはますます募っていますが、組織（週刊金曜日）としてできること・したいこと、わたし個人としてできること・したいこと、また、すぐに実行できること、実行するために少し時間的な猶予が必要なこと、現段階ではむずかしいことなどがあるかと思います。

口頭だと行き違ったり、うまく伝わらないこともありますので、まずは文書でこちらの考えをお伝えします。

▼『週刊金曜日』としてできること、したいこと。

＊

３０００枚近くのプリントをオリジナルプリントとして残すため、福島さんに現像にあたってもらい、そのときの想いをそれぞれにつけて（キャプション）、それをＭＯに保存し、カタログ的なものを作成し、金曜日が責任を持って保管すること。これが最優先でできることではないかと考えております。今後の本誌などでの使用、写真集作成時などにおいて必須になると考えられるからです。

▼わたし個人としてできること、したいこと。

写真集出版につきましては、『週刊金曜日』自体、今後の書籍出版をどうしていくかという課題があります。今まで別冊という形で3冊ほど、ブックレットを出版してきましたが、書籍コードをとっていません。『週刊金曜日』本誌の雑誌づくりが基本であり、別冊や書籍については、編集、制作、販売などをどう行なっていくかといった課題がまだクリアになっていないのが現状です。ただし、即、実現不可能というのではありません。その方向で進めることができればという思いは変わっておりません。金曜日から出版がむずかしいことになりましたら、これは個人的な考えですが、別の形で実現できるように考えていきます。

▼現段階ではむずかしいこと。

パネルにつきましては、保管をどうするかの問題もありますが、お預かりしたとして、それをどのように保管し、貸し出しなどの運営をするかなどの問題を具体的に考えていかないといけないと思います。お預かりする以上はきちんとした形が保証されないと双方にとってもよいことではありません。あくまで金曜日は出版がメインであること、まだ、その部分の確立に力を入れなくてはいけないことなどあります。本体にぐらつきができてしまうと、すべてがうまくまわらなくなる恐れがあります。すぐにはその体制がとれるかということになると、現段階では不確定要素がかなりありむずかしいように思われます。

やりたいという思いを伝えるのと、それが現状でできるかどうか……わたしの言葉でうまくお伝えできていなかったのかもしれません。お詫び申しあげます。20日に世話人会が開かれるとこのことですが、それまでに東京に来られるとのことでしたら、もう少し、くわしいお話ができればと思っております。

不一

2000年5月15日（月）

＊

これってどんな手紙？

「私には撮った責任がある」と福島さんは、約六〇〇万円かけて十年がかりで手づくりで「日本の戦後を考える」二十テーマ、三三〇〇点もの写真パネルを完成させました。撮り続けてきた写真とパネルをどうにかしたいと相談され、それについての返事の手紙になります。

＊＊

わたしが見た福島菊次郎さん

三〇〇号記念で福島菊次郎さんの写真を「世紀末　日本危機の時代ふたたび」で紹介しました。その記念号で書いた編集後記が次になります。

〈▼三〇〇号です。ほぼ創刊号からかかわっているメンバーの一人としてその道程や重みを感じています。その記念号で写真家・福島菊次郎さんの仕事を伝えることができ、編集者をやっていてよかったなと改めて思いました。福島さんとの出会いから学び、日本の危機に潰されないように表現者としてかかわっていきたいとも思いました。今回は特に同世代や次世代の「同志」へ心から贈りたいです。

フェミニストとしての福島さんの視点もステキです。「ウーマンリブが自分の人間形成に少なからずの役割を果たした」と言う福島さん。残部少ない中から無理を言って譲ってもらった写真集『戦後の若者たち　リブとふうてん』（三一書房）は、私の元気の素。ヌード、中絶、出産、セックスシーン……福島さんの視点で撮るとこうも違うのかと、ドキドキしながら開きました。人権の中に女性問題を据える福島さんのような表現者がもっともっと出てくると、息苦しさを感じている私も少しは肩の力が抜けるかもしれません。手に入らないなら写真集をつくってしまえ、という欲張り心がムクムクとわいています。（山中登志子）〉

掲載当時、山口県下関市にあった写真資料館はいまは引っ越して、山口県柳井市の駅前にあります。岩国に帰省したときは、必ず顔を出すようにしています。いつもワープロをたたいている福島さんがいます。

天皇のことを話して、これほど話があう人も少ないです。原爆、学生運動、三里塚闘争、原発、戦争責任、政治社会、環境問題など日本の戦後を撮り続けてきました。被差別と戦争告発の立場からシャッターを押し続けてきた福島さんの視点は、金曜日の視点でもあります。写真集だけは、会社とは関係なくでもやっておかないとわたし自身、後悔するかなと思っていました。福島さんの写真を後世に伝えることは、共同通信社の新藤健一さんにいろいろと相談するなかで、現在、ある方向に進みつつあります。

福島さんは一九八二年、瀬戸内海の無人島で自給自足の生活を目指して生活されたことがあります。いまだったら、福島さんにくっついて行くかもしれません。福島さんのようなフェミニスト&表現者もなかなかいません。

▼福島菊次郎写真資料館ホームページ　http://ww5.tiki.ne.jp/~kikugirou/

＊＊＊

わたしが出会ったそのほかの写真家たち

キラキラ光っている表現者を探したいと思ってきました。「今枝弘一さん、福島菊次郎さんのふたりとつきあっている」と言うと、新藤健一さんから「〝猛獣使い〟だね」とおほめのことばまでいただきました。その新藤健一さんもカメラマン。写真家と紹介すると怒られます。するどく、厳しく、でも暖かく指摘して下さる新藤さんのような方も少ないので、学ぶことがとても多かったです。著書『新版・写真のワナ』（情報センター出版局）は必読です。

カラーグラビアに挑戦したいと思い、その突破口になればという思いから「うつす」を企画しました。いちばん最初に登場してもらったのが、フォトジャーナリストの長倉洋海さん。「未来の子どもたちへ」でした。二〇〇一年の米国テロ事件の直前にアフガン北部同盟のマスード司令官が暗殺（自爆テロ）されました。長倉さんはずっと、マスードの素顔に迫り撮り続けてきました。長倉さん撮影のマスードのポストカードが好きです。また、『週刊金曜日』では『『報道』か『人命救助』かケビン・カーターの作品と報道写真のジレンマ」を掲載しています。一九九四年、ピューリッツア賞を受賞した南アフリカの報道写真家ケビン・カーターが撮影した「ハゲタカと少女」の写真をめぐっての座談会です。そのとき、はじめて長倉さんにお会いしました。「なぜ、少女を助けなかったのか」で議論を呼んだ写真ですが、ジャーナリズムを考える上でとても大きな問題提起です。のちにケビン・カーターは自殺しました。

参考http://homepage.tinet.ie/~manics/MSPedia/Carter.htm

▼長倉洋海ホームページ　http://www.h-nagakura.net/

フォトジャーナリストの広河隆一さんは、チェルノブイリ、パレスチナ、エイズなど、追っているテーマはさすがにすごい。高圧・送電線のそばに蛍光灯を持っていくと点くというのをなんとなく聞いていました。大阪・門真市でまさに蛍光灯がぴかっとついている広河さんの写真（『週刊現代』だったと思います）を見て、「あ〜っ」と思ってしまいました。写真の力を感じました。広河さんのチェルノブイリ救援カレンダーは、ここ数年、買っています。二〇〇二年は『チェルノブイリのコウノトリ』。

▼チェルノブイリ子ども基金ホームページ　http://www.smn.co.jp/cherno/index.html

▼広河隆一通信ホームページ　http://www.hiropress.net/

「クリスマスとお正月は農薬三昧で！」の創刊当初の企画は（わたしの担当ではあ

りません）、いま見てもすごいなと思います。フォト・ジャーナリスト＆報道写真家・中村梧郎さん撮影ノート「マリリンの色香の裏側にあるもの」は伝え方としてぐっときます。ダイオキシンのことを知ったのは、中村さんからだったと思います。『環境百禍』（コープ出版）からも学びました。

電磁波&原発

＊

荻野晃也さま〈京都大学工学部教員・理学博士（原子物理学・原子核工学・放射線計測学）〉

すっかりご無沙汰しています。まずは、遅ればせながら新年のごあいさつを申し上げます。

昨年はわたし自身、MRIなど電磁波を浴びてしまいましたが、今年はマイペースでやっていこうと思っていますので、どうぞよろしくお願いいたします。

さて、はやいものでブックレットの出版から1年が経ちました。昨年、「ケータイ天国電磁波地獄」のその後…についてのご執筆のお願いをしておきながら、そのままになっています。郵政省からの資料もまだ取り寄せていない状態です。申し訳ありません。その後も動きがあったと思いますが、本日はあらためてお願いのご連絡です。郵政省関連など、どういった資料を収集すればよろしいでしょうか。今だとどの時期がよいのか、スケジュールなども含めてご相談させてください。

さて、以下は愚痴ですので、少しだけ耳を傾けていただければ幸いです。

ブックレット発刊後のひとつの〝成果〟といえば、社内のケータイ普及率がアップしたこ

＊

とです。普及というよりも、隠れて使っていた人が堂々と使いはじめたということになります。編集部で持っていない人のほうが少数派で、2，3人でしょうか…。以前、社内で議論したとき（合成洗剤などの問題もふくめて）、「持つのは個人の自由だが、社内では使わないようにしよう」といった感じになりました。わたし自身、「使うな」と言ったことはありません。そういうのも違うと思っていますから…。「わたしたちは〔金曜日の社員など〕電磁波問題を知らない環境ではなく、知らされている環境にある」といったようなことは言ったと思います。このほうが「使うな」といわれるよりも、しんどい言葉かもしれません。

もちろん、私も含めていろんなことで矛盾を抱えて生きていますから、ひとつの側面で語ることはできないと思っています。自分の生き方・考え方の問題にもなってくるのだと思いますが、それにしても退院してきてたいへん驚きました。本人には何らかのメリットはあるはずですから、個人への電磁波問題はさておき、私が嫌だなと感じていることは別にあります。もちろんブックレットなどの説得力がなかったことも、反省すべき点かもしれませんが。結局、編集長が「わたしは使う」といったところから、みんなのなかでOKになったのだと思っています。そんなことは個人で決めて判断すればいいことだと、私は思っていますし、そういうのがよくわからないのです。私が苦手とする「右にならえ」の発想、上がそうしているからそうする…といった構造のなかでやっていけるのかと不安になっています。そんなことをいろいろ考えると、なんだかしんどくなります。そういう意味でも、電磁波（とくにケータイとの関係）問題については、はれものにでもさわるような形になっている気がしています。こういうのがさまざまな運動を続けていく上での息苦しさの現われなのかもしれません。

私が不在のときに誰からも電磁波問題についての企画が出てきませんでした。それをどう見るかは別として、ケータイだけではなく鉄塔などで運動を続けている人からの連絡も「担当者がいないから」といった調子だったと聞いています。これには参りました。電磁波問題もある意味で誰かにバトンタッチしながら、一緒にこだわっていこうかと思っていましたが、こんな調子ですのでなんともいえません。結局のところ、どこに目をむけていくかを考えることにしていますが、なんともはや…という思いがしています。長々、書いてしまい、申し訳ありません。

どうにか調子ももどってきました。お酒も飲んでいます。また、お目にかかれればと思います。講演会などでこちらにお越しの際には、ぜひお知らせください。ファクスにて失礼しました。

高木仁三郎さんのことも気になっています。

1999年1月25日（月）

追伸

ブックレット②をつくっています。「①で終わるのではないか」とご心配されていましたが、その点は大丈夫です。『ケータイ天国　電磁波地獄』は高周波電磁波に関して最初の本だという自負があります。尊敬する荻野先生とご一緒に形あるものをつくれてうれしく思っています。第二弾「買ってはいけない」は、わたし（山中）の「わがまま本」と言われるなかでつくっています。「ひとりでもつくってやる！」と思っています。そう思えば気楽なものです。それで荻野先生にお願いがあります。電磁波に関する部分でご確認していただきたい部分が出てきましたら、お聞きすることがあるかもしれません（船瀬さんの単位の間違いなど、またあったらたいへんですから・・・）。その際は、どうぞよろしくお願いします。

山中

＊

これってどんな手紙？

電磁波問題もわたしがこだわるテーマのひとつになりました。高圧送電線や家電製品の低周波、テレビ塔やケータイなどの高周波の問題に向きあうようになったのも、荻野さんとの出会いからです。そして、『週刊金曜日』のブックレットのNo.1

は『ケータイ天国　電磁波地獄』。これを出さなかったら、『買ってはいけない』につながらなかったのではとも思っています。もちろん『買ってはいけない』もわたしひとりでつくったわけではありません。データチェックなどの細かい作業も一緒にやりました。目をひくレイアウト＆イラスト、そして取次を通しはじめたことなど諸々の相乗効果で売れました。

この手紙はわたしの当時のグチのひとつ。そして、これに対して荻野さんから返事をいただきました。その一文を紹介します。

〈……携帯電話を使う人が増えるのは、今の日本ではしょうがないのだと思います。ブックレットを出版したのに…と思われるのはもっともなことですが、便利さに負けてしまう人の多いのはしょうがないのではないでしょうか？　出版社のような人間関係の重要な職場で、今まで携帯電話を使う人が少なかった…方がキセキ的だったのかもしれません。ブックレットをよんで「ホッ」とされたのだとすれば、小生の責任ですから、山中さんは大らかにしていて下さい。リスクをキチッと知った上で使用することが、大切なのですから、そんな意味ではブックレットは大変役に立っていると思っています。携帯電話を使う人にイライラして、そのことでストレスが大きくなるのでは何をしているのかわかりません。ストレスによるリスクも大きいのですから…。小生の以前から言っている「Prudent Avoidance」という言葉に対

しても色々と批判があります。理解されていないのに本当に困ってしまいます。……（以下、略）１９９９・２・20〉

荻野さんのこの手紙で元気づけられただけでなく、自分の小ささに気づかされました。一生、大事にしたい一通です。

＊＊

わたしが見た荻野晃也さん

荻野さんは、わたしが心から尊敬する科学者です。市民、特にリスクとベネフィットを感じる大人とは違い、子どもの立場から人権・環境問題にも物理学者としてかかわってこられました。伊方原発訴訟では住民側の特別弁護人。湯川秀樹に憧れて「原子力は夢のエネルギー」と思っていたけれど、推進派になりませんでした。理由は、「学生からつきあげられて答えられなかったから」。いま、原発〝A級戦犯〟の一人に湯川秀樹をあげています。ケータイ大ブームの中、日本初の高周波問題を取り扱ったブックレットを一緒につくることができたのは編集者冥利につきます。

京都にいくたびに、醍醐寺、円通寺、高山寺、平野神社、等持院、大覚寺、清涼寺、常寂光院、祇王寺などいろいろと案内していただきました。全国の国宝をすべて見ることを実践中など、科学者になってなかったら考古学者を目指していたほどの歴史通です。わたしはあまり明るくないので、いつも「へぇー、そうなんですか」ばかり。「この仏像はわたしのタイプ」と言ってよろこんでいるていどです。

荻野さんのような科学者がひとりでも増えれば、この国も少しはまともになってくるかもしれないと思っています。いずれ、何らかの形で荻野さんのことをまとめることができたらと思い、いろいろ資料を収集中です。

＊

総務省　広報室

＊

先月から、電波環境課と移動通信課に取材を申し込みをさせていただいている件で、ご連絡申しあげます。いままでの過程のなかで、以前、お送りした取材依頼書とともに若干の説明をさせていただきます。

まず、3月26日付の取材申し込みの件で、移動通信課の筬島課長補佐とお電話でお話しました。30日の希望日程は難しいということでした。そのときに、「荻野晃也さんはどういった資格で同行されるのか、『週刊金曜日』との関わり方はどうなのか、契約関係があるのか……どういう立場なのか明らかにしてほしい」とのことでした。また「携帯電話については関心がある分野なので、有識者とも話しているので、広く話すのはやぶさかではない。荻野さんとの対話を拒むことではない」とも言われました。

そのとき、「正社員でないと取材をうけない」と言われましたので、わたしのほうから、「それではフリーのジャーナリスト、フリーライター、市民の取材は受けないということですか?」と尋ねましたが、「荻野晃也さんと『週刊金曜日』との関わりはどうなのかがわからない」という意見に終始しました。

そして、最初、筬島課長補佐は個人的な見解としてと言われていましたので、最後に「総務省としての見解を出してほしい」と尋ねましたところ、広報室にご連絡後、「(筬島課長補佐の見解を)認めていただいた(つまり、筬島さんのコメントが総務省の見解)」と筬島課長補佐から聞きましたので、そのときの話はすべて総務省とコメントとして受け取っております。

取材につきましては、筬島課長補佐が窓口となっていただけるとのことでしたので、不明確な部分(荻野晃也さんの立場)をはっきり伝え、本誌での対談(インタビュー)掲載について、改めて取材申し込みをさせていただきました。それが、4月4日付の取材申し込みです。その件で電波環境課の矢島課長補佐から11日にご連絡をいただきました。

まず、1回目の申し込みのときに指摘されたことについて、本誌『週刊金曜日』のアドバイザリーグループメンバーの一員ですので、そのことを明記させていただきました。これは、数年前に新聞広告でも発表しております。同アドバイザリーグループには、取材、アドバイス、原稿執筆など、さまざまな形で関わっていただいております。

なお、課長に対応していただきたく申し込みましたが、課長補佐がすべて対応しているということ、また、対談ということは前例がないと思われるということ、そして、わたしの取材だと受けていただけるというお話でした。

総務省の見解「会うのはやぶさかではない」「拒んでいるのではない」とのことでしたので、荻野晃也さんによるインタビューについて矢島課長補佐に尋ねましたところ、「荻野さんは、大学の先生ですよね」「ジャーナリストだけ受けつける」と言われました。前回の正社員でないとダメというのと同じく、この点にはたいへん驚きました。大学の先生で「アカデミックジャーナリスト」と言われる方もいます。それもお伝えしましたし、わたしどもは、荻野晃也さんについてはアカデミックジャーナリストだと思っていることを改めて、お伝えしたいと思います。ご本人にも、後日、そのことについて確認しております。

そこで、お聞きしたいのですが、総務省としては、ジャーナリストでないとダメ、正社員でないとダメといった職業・身分で、取材を受ける・受けないを決めておられるのでしょうか？　総務省の正式なご見解をお聞きかせください。

4月23日か24日に、私の取材だと受けつけるとのことでお返事をいただいておりますが、以上の流れからみて、総務省の広報活動の根幹に関わることだと思いますので、まずこの点について、総務省としての見解をお聞かせいただきたいわけです。

何とぞよろしくお願い申しあげます。

2001年4月17日（火）

総務省　広報室

先ほどお電話にてお願いいたしました取材の件でご連絡申し上げます。

来年6月から、携帯電話の端末に電磁波の許容基準を設け、メーカーに守らせるよう制度下されることが『朝日新聞』などで先日、報道されました。今回、そのことを中心に、最新の携帯電話事情（本体および、携帯電話基地）についての動き、今後の方向などについてお聞きできればと思います。

●取材希望日：3月30日（金）午後から1時間程度できましたら、15～17時でお願いします。

●同行取材者：荻野晃也さん（京都大学工学部）

以上、どうぞよろしくお願いします。

2001年3月26日（月）

総務省　移動通信課　筬島専さま

先週、お電話にてお願いいいたしました取材の件でご連絡申し上げます。

3月26日の取材申込書で、同行取材者として荻野晃也さんの名前をあげましたところ、『週刊金曜日』とどういう関係なのかが疑問とのことでした。しかし、面会はやぶさかではないとのことですので、インタビューまたは対談という形で改めて申し込みをさせていただきます。以下、ご検討下さいますようよろしくお願いいたします。
●希望日時：4月〜5月上旬でご都合がよろしい日時を数日ほど、あげていただければと存じます。
●インタビューまたは対談　希望者：携帯電話につきましては、電波環境課と移動通信課の両課が担当になるかと思います。つきましては、両課の課長にインタビュー（対談）をさせていただきたいと思います。
●『週刊金曜日』側、インタビュアー（または対談者）荻野晃也（京都大学工学部、『週刊金曜日』アドバイザリーグループメンバー）
●同行者：山中登志子（『週刊金曜日』編集部）
なお、『週刊金曜日』誌上にて掲載を予定しております。

2001年4月4日（水）

＊

これってどんな手紙?

ケータイ電磁波問題について、取材を受ける・受けない、受けたくない、受けたくなかった……がよくわかる取材申し込みの過程です。わたしはこれだけ見ても、ケータイの電磁波問題は限りなく黒に近いと思ってしまいます。けっきょく、荻野晃也さんと会いたくなかったというのが正直なところでしょう。この総務省の正式な見解を聞きたい旨の手紙に広報も困ったのか、「そういうことはありません」と返答してきました。

訪問する前に一転二転とありましたが、四月二十二日に荻野さんと総務省を訪問。そのことは「【総務省訪問記】どうなる? 頭部への規制値」で報告しました。前もって質問内容を欲しいと言われ、送っておきました。訪問当日、「インタビューの場ですよね。そちらのほうからご質問された内容について、われわれが回答差し上げるということであって」と矢島課長補佐から言われ、また、「三時以降、別件で抱えておりますので、一時間だけで」との念押しもされました。びっちり回答を書いていてそれを読み上げる。まさに官僚答弁です。そして、「では、すいません、会議室の使用時間等もございますので」と締めの言葉。反駁の時間すらありませんでした。させてもらえないという感じでした。そして、三時に、山野係長のケータイに電話が鳴り、「はいはい。すぐに」と電話に出るほどのタイミングのよさ。ケータイは安全だといいたいのかと思いました。

いずれにしても、近い将来、世界的にみてもケータイと電磁波問題については何らかの提示があると思っています。海外の方が先をいっています。そのとき、わたしが見てきたこと、監督官庁の担当者たちが言ってきたこと、行なってきたことは「記録」として残っていることもまた、事実です。それにしても取材のたび、毎年といっていいほど担当（課長補佐）がかわっていました。

＊

東京電力株式会社　広報部

＊

お世話になります。

先ほどお電話差し上げた件で、ご連絡申し上げます。

柏崎の見学ツアーはたいへん参考になりました。

その報告記事につきまして、杉並支社・地域サービスグループに質問をお送りし、２度ほどファクスにてお願いしたのですが、一切、お返事をいただけない状態になっておりました。１カ月近くにもなりずっと気になっておりました。本日、こちらからの連絡にて「今回は回答は差し控えたい」とのお返事をいただきました。回答いただけるかどうかのお返事すらいただけず、このようなことはわたしの取材経験のなかでありませんでしたので、たいへん驚きました。また、「本社とのやりとりのなかで回答しない」ということが決まったとお聞きしましたが、その理由についてもよくわかりません。

それで、ご連絡を差し上げた次第です。

まず、この件について改めて質問について広報部にてお答えいただけないか（杉並支社にお願いした質問と同じ内容です）というお願いです。できましたら、お目にかかってお話をお伺いできればと思います。ご検討いただきたくお願い申し上げます。

以下は、2度目に杉並支社の××さんにお送りしたものです。

ご参考までお送りしておきます。

2000年11月13日（月）

東京西支店杉並支社　地域サービスグループ

お世話になります。

10月16日（月）にファクスにて以下のようなお願いをし、その後、何度かお電話を入れましたが、ご連絡がとれないようですので、再度、ファックスにてご連絡申し上げます。もし、回答していただくことが難しいようでしたら、その旨、ご連絡いただけないでしょうか。その場合は、本社の広報部にご意見をお聞きしたいと思っております。

とり急ぎ、ご連絡とお願い申し上げます。

2000年11月2日（木）

・・・・・・・・・・・・・・・・・・・・・・・・

夏の柏崎刈羽原子力発電所の見学では大変、お世話になりました。ありがとうございます。

また、お手紙を受け取った後、ご連絡も差し上げないまま失礼いたしました。××様からお手紙をいただいた後、わたし自身も気になっていたことがあり、本日、ご連絡させていただきました。

ひとつは、「今後の業務の参考とさせていただきます」とありましたが、どの部分を参考にしていただいたのでしょうか、ということです。

また、誌上アンケート回答の形で疑問に思っている点をいくつかあげさせていただきました。読者から東京電力からどういう回答があったのかという問い合わせもあり、その点をお聞かせいただきたいと思います。特に、今月はじめの鳥取地震のことなどもあり、地震と原発についてのご意見はどうなのか、たいへん気になっております。

以上、10月20日（金）のお昼までに書面にてお答えいただきたく、お願い申し上げます。

なお、ご回答につきましては本誌にて掲載する予定でおります。

何とぞ、よろしくお願いいたします。

＊

これってどんな手紙？

東京電力にはいつもお世話になっています。二〇〇〇年夏、東京電力による原子力発電所見学ツアー「東京電力・杉並支社　エネルギーの旅へ行こう」の抽選に当たりました。そして、世界最大の原子力発電所「柏崎刈羽原子力発電所」に一般消費者になって七月二十八日〜二十九日に参加し、「ディズニーランドの五倍。CO_2（二酸化炭素）を出さない地球環境にやさしい、クリーンな発電」という東京電力自慢の「柏崎刈羽原子力発電所」で見て、聞いて、感じたことを金曜日で写真とともに伝えました。〝安全自慢〟ツアーであり、参加費は出しても、これは〝接待〟だとも言いました。

自慢にもならない世界最大原発を、ガイガー型測定器（セシウム137で校正されたGM型）とガウスメーター（低周波測定器）を持参して、計測。案内してくれた女性が持って入った測定器では「0・00ミリシーベルト（mSV）でゼロでしたから、大丈夫でした」と小数点3ケタ以下は無視して説明したその被爆値のおかしさなどもそのまま書きました。

また、当日、アンケートを渡しそびれたので「原発と地震」のことなどを誌上で質問する形をとり、掲載誌を送ったところ、杉並支社からていねいなお手紙をいただいたので、わたしから質問させてもらったわけです。ところが返事もこない。電話しても出てくれない。やっとつかまったら、「本社とのやりとりのなかで回答しない」とのこと。けっきょく、東電の広報もわたしの取材方法に文句たらたら。取材がフェアではないから答える必要はない、参加申し込み方法までウダウダ言われた。そして、いっさい、無視することを決め込んだようです。都合悪くなったらやる手法です。ネックはきっと、「原発と地震」についての質問に答えたくないからでしょう。「原発は安全だ」と言い切っているのなら、もっとオープンにすればいいのにと思います。ますます怪しいです。

「東電に嫌われてしまいました」と小出裕章さん（京都大学原子炉研究所）に年賀状を出したら、「当然ですよ。それとも好かれたかったんですか？　今年ももっともっと嫌われて下さい」と返事をもらいました。「脱原発」ではなく「反原発」で行こうと改めて感じた東電とのやりとりでした。

▼原子力安全研究グループホームページ　http://www-j.rri.kyoto-u.ac.jp/NSRG/index.html

部落&天皇

＊

栃木裕さま〈全芝浦屠場労働組合書記次長〉

このたび改めて、屠場見学の申し入れをしたく、お願い申し上げます。

その前にお詫びを申し上げることがあります。

「反差別」を掲げ、雑誌づくりをしてきましたが、1995年6月30日号の記事「絵筆に託して――〝従軍慰安婦〟にされたハルモニの思い」中での表現につきまして、私たちは差別に対する認識や自覚がたいへん不十分だったと反省しております。そのことは、何度かの議論・話し合いのなかで、私たち自身、考えてきました。「屠場を見学したい」という気持ちは当時もありましたし、今でも持ち続けています。しかし、最後の話し合いの後、見学にとお声をかけてくださったのに、結果的に無視してしまう形になってしまいました。社内的な状況としては、窓口として連絡をとっていた担当者がそのようなお話があったことを社内に伝えていなかったこともあります。しかし、私自身も当時から在籍していた編集部員ですし、意識のなかにあれば今まで時を経ず、見学のお願いを申し入れていたと思っております。それはほかの皆にもいえることです。屠場労組の皆さんとは、表面的な話し合いに終始

＊

したとは思っておりませんが、その後の私たちの姿勢からそのようにとられても仕方がない面もあります。個々人、この2年間で考えてきたこともあると思います。あるいは、考えてこなかったかもしれません。

今回のことをきかっけにして、社内で改めて差別問題について話し合い、勉強会を開いていくことを考えました。これは社内的なことになりますが、編集長を含め、当時の経過を知らない社員が多くなっているという状況もあります。差別問題に対する意識の温度差もあります。そこで、『週刊金曜日』は表現する側として部落差別の問題をどのように考えているか、今後、考えていくかを話しあうため、その入口として、鎌田慧さんの著書『ドキュメント屠場』についてほとんど全社員が感想文を出すという形で読書会を開きました。以下はそのときに提出された感想文の一部です。感想文を書いたものの、まだ意見がかたまっていない人もあり、全部ではありませんが、ご一読ください。こういった読書会などは、今回一度だけで終わらせることなく、続けて議論をしていきたいと考えております。

以下、「部落差別と人権」問題の企画にいたる私の思いです（今回の「ドキュメント屠場」の感想文がもとになっています）。

今年になって、大阪で被差別部落出身の人と出会ったり、識字教室やフィールドワークに参加しました。字が読めないから切符が買えない人がいること、結婚差別や就職差別は存在し、部落差別はまだまだ引き継がれているということを実感、体感しました。「まだまだこんな差別があります！」と言ってもわかりづらいし、とても上滑り的な面があるとも思いました。

芝浦屠場労組とのやりとりで感じたことは、表現する側はいつでも差別する側になり得る、さらには差別を再生産してしまうということです。私たちは「踏みつける側」になってしまうことがあるのです。言葉の言い換えですまされるものではありません。別の言い方で差別語を再生産することもあります。またいわゆる差別語を使用しなくても、文脈のなかで差別ととれることもあります。編集者としてどのような意識を持っているのか、どう差別問題と向き合っているかを問われた、問われていると思っています。

屠場労働者への差別問題に関していえば、私は筑紫さんの番組で起きた発言から問題意識を持つようになったと思っています。それまでは「同和」教育という形でしか知りませんでした。知らされていなかったという問題もあります。私たちは、焼き肉やとんかつなどを食べ、皮ジャンやかばんを持ち、生活しています。その出発点が屠場です。しかし、屠場労働者に対して、彼らの家族を含めて差別・偏見は根深く、その根底にはケガレ意識、部落差別があります。鎌田さんも指摘していますが、まず「みたこともない状況」を「みたこともない状況」のたとえで説明することはおかしなことです。「残酷なことをやっている」と言ったり、「嫌な仕事をやっているかわいそうな人々」との決めつけも無知・無責任さからきています。屠場を見学することは、まず基本なのだと感じています。

今回、鎌田さんの著書を読んで感じたことのひとつとして、被差別部落と身分、職人芸がありま す。たとえば編集者にも職人的なところがあると思っていますが、何が違うかといえば歴史。近世の身分制を基本とする社会で「賤しい」身分と勝手にされてきた民衆が、当時の民衆が行なわないような役目を幕府や藩から強制され、独自の芸能や仕事など文化を担い、生活を支え、伝統芸として発展してきた――という歴史があるということ、です。今、誇りを持って伝統文化を支えている人たちがいます。日本の技術をつくりあげてきた職工には、太鼓づくり、しろなめし、竹細工、藍染め、和ろうそく、三味線、能、人造真珠、下駄・草履づくり、そして食肉の町があります。すべて、今を生きている民衆文化・芸能です。時代の波の中、失われつつある伝統文化もあります。そして、屠場で働く人たちも職人であると『ドキュメント屠場』で改めて感じました。その歴史（いわれなき差別も含め）を伝えていきたいと思ったのが、今回の企画（「職人（ザ・マイスター）――日本の技術を創造した職工たち」・「部落差別と人権」の企画のひとつ）の出発点になっています。

人権をテーマに考えると、被差別部落、天皇、女性、民族、障害を持つ人、マイノリティー、環境などの問題はすべてつながってきます。では「内なる差別はないのか」と問われれば、正直なところ「ありません」とは言いきれません。ただし、「寝た子を起こすな」的発想や無関心でいることは、差別する側にいることになると思うので、そうはありたくはありません。そして、足を踏まれている側のなかでも、たとえば女性差別があるとすればそれはそれできちんと指摘していきます。21世紀に部落差別を引き継がないために、表現する側として差別を「しない」「させない」「許さない」、そして「根絶する」立場で考えていくことに常に敏感でありたいと思っています。

別紙は、「部落差別と人権」の企画案です。ご参照ください。

1998年12月15日（火）

＊

これってどんな手紙？

本誌で差別的な表現について掲載した経過があり、その後、屠場労組と何度かの話し合い・勉強会を持ちました。このことの経過は、本誌で掲載されていません。屠場見学を本誌で紹介するとき、いままでの屠場労組との経過、金曜日の差別表現の問題も含めてとりあげたらどうかと提案したままになっています。

わたしは、狭山事件（一九六三年、埼玉県狭山市で起きた女子高校生殺害事件。当時、二十四歳だった石川一雄さんを別件で逮捕。石川さんは一九九四年十二月仮出獄。無実を叫び再審を求め続けている）を通じての部落差別、たとえば鎌田慧さんによる石川さんのインタビュー（「見えない冷たい手錠」が解かれる日）など企画してきましたが、この年、大阪で今枝弘一さんたちとたまたまフィールドワークで行った識字教室での驚きから、もっと深く部落問題に取り組もうと思いました。屠場の職人さんを取材して、できたら撮影もしたいと思うようになりました。そして、芝浦屠場労組に見学をお願いする連絡をとりました。そうすると、話し合いからすでに二年。真のつきあいをしていこうと考えていたのに、けっきょく、金曜日はかっこいいことばかり。「ちょっと待った！」となったわけです。そして、屠場労組に話をしに行き、社内で話し合い、その後に出した手紙です。

一九九九年四月、社内の希望者で屠場見学をしました。見ていないことをいろいろ例えていうことはいけないと改めて思いました。また、機械化されていくと職人技はどうなるのかなども考えさせられました。「職人」というキーワードで屠場で働くみなさんを紹介したいという思いは、いまも変わっていません。「差別がある」ということを前提にして、じっくり、あせらず、でも、深くやっていきたい。また改めて屠場を見学したい。大阪の屠場見学もしてみたいと思っています。窓口の栃木さんとは、その後、カラオケや飲みに行ったりしています。歌がうまい。森達也さんとも盛りあがった箱根温泉ツアー（山中幹事）に行きたいです。

＊

沖浦和光さま〈桃山学院大学名誉教授〉

前文ごめんください。

いつもお世話になります。年の瀬、慌ただしいことと存じます。

今年は本誌「部落差別と人権」のなかで、私なりに学んできました。まだまだですが、来年も引き続き、さらに幅を広げながらじっくり、深く、問いかけていきたいテーマだと思っております。

年明けの初めの号（一月一四日号）にて、京都のしめ縄づくりを紹介することになりました。ご紹介いただきました『解放新聞』の笠松さまから、京都府連の方をご紹介いただき、京都久世の職人で山口勝己さんを撮影することができました。同封のしめ縄は、その山口さんがつくられた作品です。今枝さんから沖浦先生へということで預かったものです。

企画のお話をさせていただきながら、そのままになっているものがいくつもあります。もうひとつ同封しましたのは、新潮社のトンボの本で「グリム童話」です。〝グリム童話日本版〟的なものを、来年、連載を開始したいと考えています。連載がある程度まとまりました

＊

ら、一冊にまとめられたらと思っており、そのイメージ的な本がお送りしたものです。写真と文ですてきな読み物になることと思います。話題になることと思います。
この「グリム童話日本版」企画をはじめ、サンカ、三國連太郎さんとの対談の件などなど、沖浦先生とはいくつかご一緒したいことがたくさんあります。来年はさらに自分も磨きをかけ、表現していきたいと思っています。部落に関しては、メディアの問題、識字・・・なども追っかけていく予定です。また、お目にかかれるのを楽しみにしています。
よいお年をお迎えください。

草々

一九九九年一二月二七日（月）

＊

これってどんな手紙？

『解放新聞』編集長の笠松さんを紹介していただいたことから、「このくにの職人」で京都のしめ縄職人さんの取材ができることになったお礼の手紙です。

＊＊

わたしが見た沖浦和光さん

インドネシアの諸島の先住民族である海洋民族の話を学習院大学でされたのを聴きに行ったときが最初の出会いだと思います。河内弁にはとにかく圧倒されました。今枝弘一さんから沖浦さんのことをいろいろと聞き、『竹の民族誌』（岩波書店）から読みはじめました。「部落差別と人権」の連載スタート号で「部落の歴史　闇に埋められてきた日本賤民史」について書いていただきました。

甘いものが好きとのことで、今枝さんとノンフィクション・ライター&冒険家の上原善広くん（『韓国の被差別部落・白丁』など執筆）とご自宅にうかがったとき、ケーキを食べる沖浦さんの笑顔は忘れられません。部屋はすご～い資料のやま、やま。貴重な資料は宝の山です。

大逆事件、サンカ、三國連太郎さんとの対談などそのままにしてしまった企画が山のようにあります。二〇〇一年四月、京楽座の中西和久さんの福岡映画ロケに同行させていただいたとき、三國さんにお会いしました。大・大ファンです。そのとき、『三國連太郎・沖浦和光対談　上　浮世の虚と実』『三國連太郎・沖浦和光　対談　下　芸能史の深層』（解放出版社）にサインしてもらいました。沖浦さんにもサインしてもらおうと思っています。

＊

天野恵一さま〈反天皇制運動連絡会〉
貝原浩さま〈イラストレーター〉

すっかりご無沙汰しています。

ファクスで失礼します。

イラストの件からもう1年が経とうとしています。

7月から入院・手術などして、結局、今週から復帰した次第です。ご連絡もとらないままになってしまい、申し訳ありませんでした。イラストの件に関しての私なりの「記録」もそのままになっており、ずっと気になりつつ、今にいたっています。

メディアにいる人間として、いろいろとがっかりした面が多々あります。

編集長と話したかと思います。××からも聞きました。

近いうちに、お話できればと思っております。

またご連絡いたします。

とり急ぎ、連絡まで。

＊

1998年10月29日（木）

＊

これってどんな手紙？

イラストの件とは、左に日の丸を持った昭和天皇、右にヒトラー。太刀持ちに従えて天皇が五輪マークの上に土俵入りしているカットで、〈オリンピックの「お言葉」で先祖還りを世界に宣する元首アキヒト「ファシズムは繰り返す」〉のことばが入っていました。このイラストが不掲載になりました。その経過については、一九九七年十一月十一日、社内で配布したわたしの文章が参考になると思いますので、そのまま掲載します。

〈11月14日号掲載の「長野五輪は誰のため」④「天皇行事」のオリンピック　象徴天皇は〝国家元首〟か？（著者・天野恵一さん）が書かれた文章中に載せる予定だったイラスト（貝原浩さん）がボツになりました。別紙参照ください。本多さん・黒川さん・松尾さん・巖名さんの話し合いの結果で決まりました。原稿料は支払います。天皇制をどう考えるか、考えていくか議論の題材になると思いますので、経過を報告しておきます。

掲載原稿は本誌を参考にしてください。

これも編集長によれば、スレスレの原稿ということです。

まず、ボツになったイラストがファクスで送られてきたとき、言葉の部分の「ファシズムは繰り返す」の部分を削って、あと、元首に〃〃をつけたらどうか——という議論をデスク段階（黒川さん）でしました。その後、松尾さんに意見を聞いたところ、（1）裸になっていること、（2）化粧回しに菊の紋章があること、（3）昭和天皇をたち持ちにしていること、以上の3点が引っかかるとのことでした。それで、本多さんと話し合ってみようということになりました。

その後、4人（本多さん・黒川さん・松尾さん・巖名さん）で話し合った結果、修正案として出てきたものは、
（1）ヒロヒトをサマランチにしたら、どうか。
（2）アキヒトの相撲姿が貧弱なので、体をがっちり描いたらどうか。そのうえで、今回オリンピックで横綱の貴乃花が土俵入りすることをキャプションで明記する。
ということになったようです。

しかし、この意見も議論の過程でボツに決まったそうです。「昭和天皇のカット部分をとるというのはどうか」「描き直しはどうか」とも提案しましたが、結局、東京オリンピックの写真に差し替えて、掲載しました。描き直しも依頼していませ

ん。
　ボツになった理由を本多さんから以下のように言われました。
1．今の天皇は平和主義者と右翼は言っていてあまり重きを置いてないが、前天皇については右翼も重きを置いている。
2．天皇にもプライバシーがある。それを侵害してはいけない。今回はそのケースではないが、侮辱もあってはいけない。今回はその侮辱にあたる。
3．今回の企画は、天皇を正面から攻撃したものではない。面倒になることを避けたい。
　4人の一致した意見とのことです。
　編集人と発行人の意見に従いましたが、経緯を含めて私なりに異論もあります。また、今後の参考にしたいので、「なぜ、ボツなのか」について文書にしてもらうことにしました。この例を題材にしてもいいし、今まであまり話してこなかった天皇制・天皇について議論できないかと思っています。〈山中登志子〉
当時の編集人は松尾さん、発行人は本多さんです。十一月十五日付で本多さんが貝原さんあてに不掲載の件で手紙を出しています。
この文書とともに、社内で「議論しましょう」と呼びかけました。その会議で開口一番、本多さんから「変装するなど修羅場でやってきたかが認識不足」と言われました。わたし自身はそうだとしても、「右翼に襲撃されるような仕事を、オマエが自分でやったことがあるのか」は、からだをはって運動をしている天野さんたちや、反天連のメンバーのことを知らずに言った発言なので、これは撤回してほしいなど本多さんともやりあいました。

本多さんからの手紙を受けて、天野さんと貝原さんの連名で「『週刊金曜日』への抗議と要請」（十二月十九日付）が届きました。問題のイラスト、貝原さんへの本多さんの手紙、ふたりからの抗議・要請文は『反天皇制運動じゃーなる』（通巻一六三号、一九九八年一月十三日号）にくわしく掲載されています。

ふたりからの抗議・要請文の最後には以下のように書かれてあります。〈……私たちは今回のボツが「天皇制」タブーの拡大に加担する結果となっていると判断し、イラストをボツにしたことに強く抗議します。そして、問題のイラストと本多社長名で出された文章と、この文章を、まとめて『金曜日』に掲載するよう、要請します。多くの読者に判断してもらいたいからです。読者に何があったかを知ってもらい、論議してもらいたいからです。読者とともにつくる「市民運動のメディア」にふさわしい対応は、それしかないと思うからです。〉

まったくその通りだと思いましたが、そうはなりませんでした。ふたりからの抗議・要請文についても社内で議論し、松尾編集長（当時）が、翌年五月に返事を出し、天野さん、貝原さんに会っています。

この手紙は、イラスト不掲載があった一年後に出した手紙です。その後、「天皇問題の企画を考えてよ」と松尾さんに何度か言われてきましたが、どうもこの件から脱することができませんでした。その後、富山県立近代美術館「天皇コラージュ裁判」についてとりあげましたが、どこが違うのかわかりませんでした。もちろんわたしは、担当者ではありません。もんもんとしていましたが、今度は部落差別から身分制を問いかけようと思うようになりました。「どういうことがあったのか記録しておいたほうがいいよ」と天野さんたちからも言われ、「やります」と言ったことも、そのままにして過ごしてきました。たぶん、このイラスト問題もわたしのなかで終わっていないのでしょう。天皇在位十年のイベント当日、反対デモと式典の取材をして「天皇在位10年　11・12　お祝いの強制　祝わない自由」を書きましたが、以後、天皇企画はそのていどしかふみこんでいません。天皇制と闘ってきた福島菊次郎さん、東郷健さんへとつながっていったことはあると思います。

このイラスト不掲載をめぐって、わたしは本多さんとは相容れませんでした。意見が違うことはあって当然です。わたしのなかで納得できていないというだけ。そして、本多さんとだけ相容れなかったわけではありません。「本多天皇」と金曜日が揶揄されたこともありますが、どこにも天皇を、ミニ天皇制をつくってはいけない。本多さんはそのおかしな天皇制についても、いろいろと発言されてきました。だから、今回のことを切りとって〝対立〟〝謀反〟のようにとられるのもごめんです。そういうことを言う人にかぎって何もしていないことが多い。そして、天皇制を支えているのは右翼だけではないということ。やっかいなのは「触らぬ神に祟りなし」を決め込む人たちだと思っています。

天皇報道でもう少しだけ……。一九九九年暮れ、『朝日新聞』による「雅子さん懐妊兆候報道」というのがありました。たしかに母体という意味での配慮は大切ですが、プライバシーだけにおさめられるかというとそうではない。産むべき存在として、それが一番の「仕事」として天皇家に嫁いだわけです。こういうことを言うと、とかく「冷たい」人になる。産まない人生もありますが、それを許してもらえるとはとても思えません。国民に注目されるなか、夫妻ともにたいへんなことです。しかし、たいへんだ、かわいそうだと思うのなら、そういったシステムを変えるということも言わないといけないでしょう。そして、二〇〇一年十二月一日、女児か誕生しました。マスコミをはじめ連日、にぎやかに「お祝い」を続けています。同じ日にたくさんの子どもが、二〇〇一年一年間で一〇〇万を越える新しい命が日本で生まれていますが、彼らの子どもだけ国をあげてお祝いする。これが天皇制です。わたしはそんな国に暮らしているんだなと、二十一世紀のはじまりの年に考えさせられました。コメントを出さなかった人たち、出しても声にならなかった人たちにわたしは注目していきたいです。

＊＊

わたしが見た天野恵一さん

天野さんが動くところ、デモや集会にはリュック姿の公安が一緒にくっついてきます。『週刊金曜日』で天野さんとアブナイ「女性天皇制」（女帝論）の企画もしました。そして、いま、また「女帝論」が浮上しています。男女平等だという声が聞こえてきますが、天皇という制度自体を考えるとき、女だろうが男だろうがやはり、おかしいという立場にわたしも立ちます。

＊＊

わたしが見た貝原浩さん

初期の頃、表紙に描いてもらった「最後の晩餐」のイラストは傑作です。特集「花王もライオンもいらない！　合成洗剤をやめてせっけんを使おう」のライオンと月のマークのイラストも貝原さん。アウシュビッツへ行く途中、中世都市クラカフから届いた貝原さんの水彩イラストは、トイレに飾っています。

▼反天皇制運動じゃーなるホームページ　http://www02.so-net.ne.jp/~hanten/jounal-contents.html

ジェンダー&シングル単位

＊

伊田広行さま〈大阪経済大学教員〉

ワープロで失礼します。

ファクスありがとうございました。

さて、今日は伊田さんへの私信です。ファンレターでもあります。エアメールでとも思いましたが、なんだか時間がかかりそうなので、やはりファクスで送ります。

シングル単位といった主張など、心からそうだとうなずけますし、久々に共感できることに出会え、感動しています。たとえば「セックス・性・世界観―新しい関係性を探る」のなかに伊田さんの世界観〔スタンス〕が書かれてありますが（P187〜）、こういうのを読むと惚れこんでしまいます。そして、伊田さんがなぜジェンダーなどに関心を持たれるようになったのかにたいへん興味を持っています。

今回いただいたファクスにあった「スピリチュアル・シングル論」も、今後のわたしの生き方などの参考にぜひ、させてもらいたいと思っています。完成記事、楽しみにしています。

＊

先日、本誌の読者会に参加したとき、「山中さんは、いつごろからジェンダーに関心を持つようになったのですか?」とある男性から聞かれました。「生まれたときからかな」ととっさに言ってましたが、そういえば、いろんなことが重なっていまの自分の生き方・考え方に行きついたんだと思い、振りかえって考えてみることも大事だなと思いました。そんなこともあって、ちょっとわたし自身のことを一方的に語っていきたいと思います。

生まれたときから。。。というのは、たしかにあたっているのです。わたしは1966年、昭和でいうと41年生まれの丙午の年に生まれました。丙午といえば例の「男を食い殺す」といった迷信を信じて、全国津々浦々バースコントロールをしたというとてもヘンテコで奇妙な年です。いかに女の子が生まれないことを願って、恐る恐るセックスしていたかと思うとたいへん滑稽な感じがしてしまいます。わたしは両親から、「女の子だから」といった育てられ方をしませんでした。逆に「男の子だったら、よかった」と父から言われたりして、それはそれで悩みましたが…。「思ったことはきちんと誰にでも伝えること」といわれてきたこともあって、幼いときからたいへん自己主張の強い子でした。「あの子は気が強い。やっぱり丙午だからね。これじゃあ、嫁のもらい手がなくなる」といったようなことを、親戚から言われました。小学校の3, 4年生のころだったと思います。気が強いとしても、それはあくまでわたしの個性であって、なんで丙午の女が関係あるのよ、と、いまだったらそう言えますが、そんな返すことばなんて思いつかないまま、いや〜な思いをしていました。それと、うちの両親からはそんなこと言われたことがないのに、なんで関係ない人に言われなきゃいけないのよ、という思いもありました。友だちは選べても親戚は選べないし、むげにもできないところで始末におえないところがあると、いまも思っています。

小学校5年生のころ、わたしは山田真也くんという同級生が好きで、友だちがわたしに言いました。「登志子ちゃん、山田くんと結婚しても、名前が一字しかかわんないね」と。その頃、名前のことでひとつ、もめごとがありました。母親の父〔祖父〕が亡くなり、祖母だけになったので、面倒を見なくてはいけないということになり、うちの一家が母の実家に引っ越すことになったのです。それで、家を継ぐ・継がないの話になって、父が養子になって一家で名前をかえるという話がでてきました。男たち（父と兄）は別に名前がかわってもかまわないといい、わたしは泣いて「嫌だ」といいました。「お母さんはもとの名前にもどるんだから、いいけど、わたしはそんなの嫌だ」と言ったら、母は「わたしだって嫌よ」と言い、もう、毎日、泣いていました。けっきょく、名前をかえる必要があるのか、ということと、兄が受験に入っていたので（願書提出もせまっていたので）、もう少し時間をおくことになり、けっきょく変えないことになりました。そのあと、相続などで欲にめのくらんだ親戚の間でひと騒動あり、お金でこんなにひとって変わるのねと思いましたが、これは長くなるので割愛します。

中・高校〔私立〕はスパルタ式のとんでもない学校でした。制服のことでも自分なりの意見を言ったりしましたが、意見さえつぶそうとして聞く耳も持たない先生たちのバカさかげんにほとほとつかれ、ほかにもいろんなイヤなこともあって、カッコよくいえば闘うことからおりました。勉強（偏差値といわれる面白みもない勉強）だけそこそこできていれば、文句もいわない・いえない先生たちの姿を冷めてみるわたしは、学校という場以外に自分の居場所を見つけて過ごしました。だから、卒業式のときは泣くなんてとんでもなくて、うれしくてうれしくてしかたなかったです。

大学は女子大に進学して、これまた驚きました。やっぱり女子大というのはへんな環境です。逆差別も平気であります。見わたせばまわりは学級委員だったようなひとたちばかりで、おもしろみを感じなかったのを覚えています。合コンといえば、すでに関係もない共通1次の点数を話題にする男たちにホントうんざりしました。辞めるということもあったのでしょうが、経済がなりたたない。自由な空気のなかでなんでもしてやろうと思い、ここでも別の居場所を見つけることにしました。その大学では、家族関係学、フェミニズムをかじりました。ちょうど福島瑞穂さんたちによる夫婦別姓の本がちらほら出ていて、卒論はこれだ！　と思ったりもしましたが、どうも先生とそのことでウマがあいそうになかったので、意思は貫かずじまい。アグネス論争があった頃で、母性保護論争（与謝野晶子・平塚らいてう・山川菊枝）をテーマにまとめました。でも、あんまりたいしたものではありません。

大学時代に力を入れたことといえば、「私たちの就職手帖」という女子大生による女子大生のためのホンネの就職情報誌をつくったことです。わたしたちはバブルまっただなかでまさに売り手市場。いわゆるイイ会社にみんな就職できた時代です。でも、わたしは就職活動をする前にそういった就職・企業をウオッチしすぎたのもあって、就職活動はいっさいしませんでした。別にあてがあったわけではないのですが、とにかくイヤになってしまったのです。組織が苦手というのもありますが、なにが総合職、なにが女性を活用している、なにが女性にやさしいかと。できる先輩と思っていた女性も、いわゆる世間でいうエリート男ととっとと結婚して仕事をやめているじゃない、と思ったりするとすごく冷めてしまいました。大学院への進学も考えたのですが、学者フェミニスト先生にもいろいろな思いがあって〔当時は、はっきりしたものではありませんでしたが〕、いずれ学びたくなったらそのときにもどってこようと考え、進学はしませんでした。それとフェミニズムを抱え込むことに、当時、少し疲れていたと思います。

大学時代に転機となることがひとつありました。昨年、長らく入院・手術していたのも、けっきょく、再発という形になるのですが、わたしは大学3年のときに病気をし、手術をしています。発病はもっと前らしいのですが、手術をしたのがその年になります。病名は脳下垂体線種。良性の脳腫瘍ということになるらしいのですが、末端肥大症をふくむホルモンの病気です。かわったことといえば、いちばんは容姿。このことはうまく表現することが難しいですが、わたしの病気前だけを知っている人、前後を知っている人、病気後しかしらない人…といますが、いろいろと見えてきたこともありました。たしかに失ったものなどもありますが、それはこの社会のなかでの価値観であって、世の中、いかにいいかげんかもよくわかりました。自分のことをかわいそがってもしょうがないことで、それまでも「あるがままの自分」を受け入れるわたしであったと思いますが、それ以後はもっとそうなっていったと思っています。でも、そんなわたしのことを「強い」という人たちがいました。その「強い」ということばのほうが、ずっとわたしにとっては悩みの種になったようです。このことについては、いずれ何らかの形で表現していきたいと思っています。「産む・産まない・産めない」といった子どもについても、このときから考えるようになりました。

伊田さんも10年前にご病気をされたとのことですが、たしかに病気なんてしないほうがいいですが、病気になってみていろいろと考えさせられることはあります。わたしは、一生かかえていかなくてはいけないと思っていますが（といっても、日常生活に特にかわりはありません）、お互い無理をしないようにしましょう。

就職活動をしなかったものの、卒業後、縁があってリクルートに入社。『就職ジャーナル』編集部に2年半ほど在籍し、その後、フリーでシナリオライターもちょっとやって、それから金曜日に入りました。金曜日に入ってからは、自分と生き方を見つめる場としてやってきたところがあります。いかにこの社会のなかで自分自身もラクになれるか…それの模索状態。これはず～っと続いています。でも、いろんなこだわりを持ったみなさんと出会え、いろいろと学んでいます。たとえば落合恵子さん。高校のとき、はじめて落合さんの講演会に行きました。それまで、なんで女性は年齢のさばを読んだりするんだろう、といぶかしく思っていたのですが、落合さんが「わたしは3×歳。自分の生きてきた道なので、隠さない」といったようなことを言われ、「そうだ、そうだ」と思いました。それから落合さんのファンになり、いま、一緒に〔担当者でもあるのですが〕考えたり、悩んだりすることができとてもうれしいです。この5年間だけでも、いろんな人たちと出会ってきました。伊藤悟さんたちともそうです。けっきょくのところ、声にならない声・声になっていない声・もうひとつの声を届けたくて、私なりにやってきました。これからもできることから少しずつでもやっていこうと思っています。

私憤などにともない、こだわっていきたいことは多々あるのですが、なかなかすべてに行き届いていません。ジレンマもあります。たとえば戸籍制度にしてもどうにかならないかと思いますが、これもなかなか堅くて厚い壁があります。結婚制度〔法律婚〕にしても、なんで国にセックスする関係を届けないといけないのかと思うと気持ち悪いし、いろんな差別がはびこっている元凶です。わたし自身、唯一できる意思として、いまは、ひとり戸籍にしていますが、これから前になかなかすすみません。わたしも結婚制度に入るつもりはありませんが、そういった異分子をも認めないこの社会にはほんと疲れてしまいます。

表現する側として今年のわたしの主なテーマは、人権を主軸にして、企業・行政批判をふくめた環境問題、異性愛強制社会への異議申し立て、買売春問題（セックスワーカーの人権問題も含む）、性暴力、被差別部落問題、死刑廃止、天皇制、電磁波問題、あと近眼手術ルポなどです。主に編集者としてかかわっていく予定です。原稿もぼちぼち書いていきます。最近では、年末の本誌で紅白歌合戦の記事を書きました。内輪だけで終わっている、難しいことをより難しく表現しているアカデミックなフェミニズム世界への批判も込めています。これは、今後、さらにいろんな形で表現していきたいと考えています。

今日はごあいさつも含め、わたしのことを長々と勝手に語りました。読んでくださってありがとうございます。セクシュアリティー、性に関することについては端折ってしまいましたが、これはまた別の機会にします。

そんなこんなで、伊田さんとは何らかご一緒に形になるものをつくっていけないかと考えています。それは本誌でというだけではありません。いまはまだ、具体的に浮かびませんが、そういうことをしながら私もラクになりつつ、この息苦しい社会に対して異議申立てをしたいのです。なかなか前に進まないところもありますが、とにかくマイペースで少しずつでも前進できればなと思います。自分らしさの追及のためにも…。

今年は被差別部落の企画・取材などで関西に出かける機会がありますので、お時間が許せばお目にかかれることを楽しみにしています。

また、お手紙書きます。

1999年2月1日〈月〉

＊

これってどんな手紙？

編集部の仲間からすすめられて読んだのが、伊田さんの『シングル単位の社会論』『シングル単位の恋愛・家族論』（ともに世界思想社）。一九九八年のことです。「会いたい！」と思うといてもたってもいられず、ご自宅に電話していました。すると、スウエーデンに留学中とのこと。それで手紙をしたため、ストックホルムまでFAXで送りました。この手紙の前に数通ほど出しています。いま読み返すと、自己主張がかなり強い手紙です。わたしのプロフィールにもなっています。

大学時代、『私たちの就職手帖』で、土井たか子さん（現、社会民主党党首）や上野千鶴子さん（現、東京大学教授）らにインタビューしたり、平塚らいてうの生き方にあこがれるなど、フェミニズムとの出あいがわたしの考え方の中心になりました。また、石垣りんさん（詩人）の詩に出あったのもこの頃です。これはいまでもわたしの元気の素。なかでも『表札』はわたしの生き方のひとつにもなっています。すてきな詩です。

『私たちの就職手帖』のとき一緒だった山口真理子ちゃんが、今回、この本を装丁してくれました。また、『金曜芸能』のデザインも彼女です。

＊＊

わたしが見た伊田広行さん

伊田さんに実際、お会いしたのはこの手紙から三カ月後、大阪ででした。ひょうひょうと現れた伊田さんに、既存の大学のせんせ〜のイメージはまったくなし。カラオケで中島みゆきの「誕生」を歌った伊田さんにまたまた、惚れ込んでしまいました。この歌はわたしの元気の素。いつも、歌って聴いています（わたしは、大黒摩季の「夏が来る！」を歌ったけれど、これもなかなかよろしい）。

「日本は息苦しい！」といつも、伊田さんにグチってきました。伊田さんの「シングル単位」の視点がもっともっと広がればそれも薄らいでくるはず。金曜日で出会って、元気をたくさんもらいました。『個』にこだわる　ジェンダー・フリー社会へ」も一緒に企画しました。伊田さんイチオシの蔦森樹さんにも登場してもらいました。国立大学初のトランスジェンダー教員です。「沖縄で水着で泳ぎましょう！」と蔦森さんに誘われたけど、実現していません。わたしは、沖縄にはまだ一度も行っていません。

『買ってはいけない』が売れた年にもらった〝通知表〟（会社で評価する側が評価さ

れる相互評価）を何人かに見せました。伊田さんにもちょっと見てもらうと、「山中さんという人は、ようは仕事に対して厳しくて、恐い人という感じだね」とのこと。そうそう「嫌われているんですよ」とわたし。いろんなことがあった年にもらったわたしの評価ですから、大事にしています。

また、生き方と社会運動の質的向上を考える伊田さんの「スピリチュアリティ」概念も注目です。伊田広行さんは、わたしがイチオシの人です。

＊

キム・ミョンガンさま〈「せい」所長・性人類学者・現代性教育&性科学者〉

こんにちは。××さんと京都で会ってきました。すてきな方をご紹介いただきありがとうございます。年内に住めそうなところはまだ見つかりそうにないですが、でも、がんばって探します。××さんに自転車をもらうことになりました。ありがたや〜です。

キムさんの悪事もろもろを聞こうと意気込んでいたのですが、それよりもホットな話を聞き、キムさんと最近、連絡がとれないのがなぜかよ〜くわかりました。ずっと独身だと言っていたので、わたしはうるうるきています。それにしても、ほんとすてきな女性にもてますね。今度お会いしたときに、お祝いなんぞしたいと思っています。さて、「イマジン」もずっと読んでいますし、ファンです。よろしくお伝えください。

年内はちょっと対談も難しいかもしれませんが、年明けからまたやりますので、どうぞよろしくお願いします。タキシードでも着てもらいましょう。

では、では。御礼とお祝いまで。

＊

1999年12月14日（火）

＊

これってどんな手紙？

京都のお友だちのご自宅で漫画家の槇村さとるさんとの結婚報告の写真を見て、「聞いていないよ」と驚いて、東京にもどって出した手紙です。

『買ってはいけない』ベストセラー後、とにかく疲れていました。なんだかんだあって、売れるということはこういうことかと思いました。ひょんなことから京都の町家に魅せられ、「住みたい」と思ったのがその年の秋。キムさんに家のことを相談したところお友だちを紹介していただき、そのつてで家を借りることになりました。残念ながら町家ではありません。大家さんも『買ってはいけない』を読んでいただいていました。「東京もんが（東京もんではないけれど）京都に家を借りるなんてすごいこと」と何人かに言われたけれど、その隠れ家がこの二年間、わたしの居場所になってくれました。時間がある限り京都通い。すっかり京都通。枯山水などの庭を見ながらぼ〜っとするのがとても心地よかったです。

＊＊

わたしが見たキム・ミョンガンさん

金曜日では、「キム・ミョンガンの愛と法律」を担当しました。「性・戸籍・市民権・国籍」をキーワードに、ちょっと聞きにくいセックスのこと、どうもわかりづらい法律のことを解説してきました。物心ついたときから、「愛とセックス」を人生のテーマと決めたというキムさん。在日韓国・朝鮮人のキムさんは、この国から「指紋押捺拒否の逮捕者1号」にされてしまった過去もあります。性のことだけでなく、彼の生き方から学んだことは山ほどあります。

キムさんをくどいていたんだけど、ぜんぜんダメでした。そういえば、キムさんの前のお連れ合いと三人で一緒に食事に行ったこともあります。「わたしたちは離婚にうまくいった」という二人に結婚に失敗したのではない、「なるほど！」と思いました。

東京・吉祥寺で〝体と心に気持ちいい〟明るいセックス相談所「せい」を開設。「歯のことは歯医者に、生活上のトラブルは弁護士に行けばいいけど、セックスはどこに相談に行き、誰に教わればいいのか。日本では相談窓口がほとんどありません」（キムさん）。みなさんも悩みがあれば、キムさんまで。TEL&FAX0422(21)7166。『恋愛の基礎』『恋愛45！』『もっと楽しいセックス』（小学館）など著書はすべておもしろいけれど、わたしが好きなのは『ヘンタイの哲学』（芸文社）です。

*　　　　　　　　　　　　　　　　　　　　　　　　　　　　　　　*

ベティ・フリーダンさま

〈アメリカの女性解放運動家・作家・
「全米女性機構（NOW）」初代会長〉

Dear Ms Betty Friedan

September 25, 1995

We are very pleased that you come to Japan. Today, I am writing to you to ask a favor of you. You have been highly recommended by our company as a talker to be interviewed.
We publish a weekly magazine SYÛKAN KIN'YÔBI, which made its first appearance in public in Nobember 1993 aiming at a independent journalism. I am a member of editorial staff.
Now Six editorial committee are participating in issuing our magazine. Ms Keiko Ochiai is one of them. I take charge of her among our editorial staff.
It would give us great pleasure if you could talk with her in order to appear in our magazine. She would like to talk with you about all your activities including a new publication as a same femenist leader.
We also hope that you will be able to join us, and talk to her about the benefit of your experience in the past.
Although we realize you are very busy with returning to your country, we would be greatful if you would take this request in your kind consideration.
We are looking forward to seeing you on Thursday, thank you in advance for your cooperation.

Sincerely yours,

(Ms) Toshiko Yamanaka
Editorial staff

＊

これってどんな手紙？

ベティ・フリーダンさんが『老いの泉　THE FOUNTAIN OF AGE』上・下（西村書店）の日本での出版で来日した際、西村書店の方から声をかけていただき、落合恵子さんとの対談を企画したときに出した手紙です。

至急、英文で依頼文をとのことで、自作で書きました。このていどの英文ならどうにかですが、それでも受験英語。間違っているところ添削したりしないでください（笑）。『週刊金曜日』は一九九三年十一月に創刊された週刊誌で、独自のジャーナリズムを目指していること。わたしは編集委員のひとりで落合恵子さんの担当編集者であること（落合さんのプロフィールは別の英文で送りました）。同じくフェミニストである落合さんと、新しい本『老いの泉』のこと、いままでの活動について聞きたいという内容です。

英文で「Ms」を使っていますが（未婚・既婚にかかわらない女性の敬称。一九七三年以降、国連でも公式に採用）、これからもこちらを使っていきます。

おふたりの対談は、『老いへの扉をひらいて』にて掲載しました。「年を重ねることは希望に満ちた冒険である」とは、『老いの泉』にある帯の文字。『第二の性』（Le deuxieme sexe）で有名なシモンヌ・ド・ボーボワールに影響されたフェミニストも多いですが、ボーボワールも『老い』について書いています。落合さんの『メノポーズ革命〜時の贈りものを快適に』（文化出版局）も、すてきなメッセージ本です。

＊＊

わたしが見たベティ・フリーダンさん

彼女のベストセラーは、『The Feminine Mystique（女らしさの神話）』。大学時代、フェミニズムに出あった頃、読みました。一九六〇年代以降のアメリカのフェミニズム運動の発端となった本です。〝女らしさ〟とは何か、女性の生きがいとは何か、特に主婦の生き方をとらえました。主婦の「名前のない問題」（The Problem has no name）はこの本でのキーワードともなりました。

フリーダンさんは、「全米女性機構（NOW）」（National Organization for Women）を設立し、初代会長を務めています。彼女、彼女の主張を支持した人々によって、アメリカのフェミニズム運動の基盤がつくられていった面があります。

そんなベティ・フリーダンさんに出会えると思っただけで、ドキドキしていました。ホテルオークラで約束の時間にエレベーター前でお見かけし声をかけると、「ちょっと、待って！」と言われ、なんだか気むずかしそうだなと思ったのを憶えています。なかなか出会う機会がないフェミニストに会えました。

＊＊＊

わたしが出会った海外のフェミニストたち

アンヌ・クレール・ポワリエさん（カナダの映画監督・脚本家。実際に起きた強かん事件を再現した彼女の作品『声なき叫び』は、女性の視点で強かんの暴力性を静かに激しく問いかけている）、コレット＝ダウリングさん（『シンデレラ・コンプレックス』『レッド・ホット・ママ（いま、変ろうとする女たちへ）』著者）、ローリー・トビー・エディソン（写真家。「Women of Japanシリーズ」でわたしは彼女の被写体になる経験もしました。そのときの写真は大切な思い出）などなど、日本だけでなく海外のフェミストたちとも出会ってきました。

＊

ベアテ・シロタ・ゴードンさま〈Beate Sirota Gordon・元GHQ民政局員・元「アジア・ソサエティ&ジャパン・ソサエティ」ディレクター〉

あけましておめでとうございます。

大晦日（おおみそか）は、ベアテさんのファミリーと杉本（すぎもと）ファミリーとごいっしょに深大寺（じんだいじ）におまいりでき、さいごの護摩（ごま）に、鐘（かね）つき、住職（じゅうしょく）のおはなし、すやきの焼きつけ……と、とてもたのしいひとときでした。おそば、おいしかったです。ごちそうになり、ありがとうございました。

キュートでチャーミングなお孫（まご）さんともであえ、むすこさんと、ニューヨークでの再会（さいかい）を約束（やくそく）もでき、とても、とてもすてきな時間（じかん）でした。よい21Cをむかえることができました。

そのとき、とった写真（しゃしん）ができました。おおくります。カメラマンのわたし、うではまだまだのようです。ごめんなさい！　ファミリーにおあいしたとき、みなさんでみてください。

ことしこそ、ニューヨークでおあいしたいです。ラルフ・ネーダーさんにも、おあいした

＊

いし、メーシーズでうっている「エムナマエ」コレクションもみたいし、ニューヨーク、ニューヨークとおもっています。

あまえて、日本語（にほんご）の手紙（てがみ）になりました。

ベアテさん、おからだ、たいせつに！　ジョセフ・ゴードンさん、そしてファミリーのみなさんにもよろしくおつたえください。ニューヨークでまた、おあいしたいとも。

みなさんにとって、すてきな1年になりますように！

2001年新春

ともだちにベアテさんからの「にほんじょせいへのプレゼント」憲法（けんぽう）24条（じょう）のバンダナをプレゼントしまくっています。

＊

これってどんな手紙？

二〇〇〇年の大晦日、来日しているベアテ・シロタ・ゴードンさんの家族（娘さん、息子さんの一家）、杉本浩二さんの家族たちと一緒に東京・深大寺にお参りに行きました。パートナーのジョセフ・ゴードンさん（元ＧＨＱの通訳者）は、当日、足が痛くてご一緒できませんでした。九歳のチャーミングなお孫さんが「なんでキリスト教に合わせているの？」と、西暦とお寺の不思議なミスマッチを深大寺の住職に質問していたのもするどいなと思いました。皇居で皇后に会った話なども、興味深く聞きました。

その大晦日にわたしが撮った写真と一緒に送ろうと思って書いた手紙です。送ろう、送ろうと思いつつ、ＮＹに持参しようなどとそのままにしていたら、ベアテさんが来日され、直接、渡すことになってしまいました。

ベアテさんは、とてもきれいな日本語を話されます。読むのはちょっとつらくて、ひらがなだったらどうにか……ということだそうです。ジョセフさんは漢字は大丈夫とのこと。バンダナには、ベアテさんが話すことができる六カ国語で日本国憲法第二十四条が書かれています。憲法二十四条とは、「家族生活における個人の尊厳と両性の平等」です。これに深くかかわったのがベアテさんで、当時二十二歳でした。その二十四条「婚姻は、両性の合意のみに基いて成立し……」は、ベアテさんの草案では「親の強制ではなく、かつ男性の支配ではなく……」という言葉が入っていました。

＊＊

わたしが見たベアテ・シロタ・ゴードンさん

「ぜひ、山中さんに会ってほしい女性がいます」と、ワーキングウーマン研究所の北村律子さんからお電話をいただいたのが一九九八年四月のことでした。その女性というのがベアテさん。北村さんは、大学生のときからずっとお世話になっているすてきな女性です。北村さんの知人が杉本浩二さんで、長年、ベアテさんと交流があり、憲法二十四条のバンダナは杉本さんがつくったものです。

わたしは、そのときまでベアテさんのことをよく知りませんでした。そして、本誌でベアテさんと落合恵子さんの対談『「男女平等憲法」日本女性への贈り物』が掲載されることになりました。その対談には立ち会えず、ベアテさんにはじめてお会いしたのは、青年劇場の『真珠の首飾り』（ジェームス三木＝作・演出）の舞台後のパーティーでのことでした。この芝居は、わずか一週間で草案を作成したGHQ民政局員たちによる日本国憲法誕生の舞台裏をジャズの名曲にのせて描いた作品です。憲法のメッセージを生で観ることができます。再演されると思いますので、ぜひ、観てください。

それから来日されたとき、何度かお会いする機会がありましたが、とにかくチャーミングで笑顔がすてきな女性です。包み込まれる感じです。

トップシークレットだった憲法草案のことを五十年以上もの間、ベアテさんも口にすることはありませんでした。「女性が幸せにならなければ平和は訪れないと思った」とベアテさん。保守的な日本男性社会のなかで、日本女性の権利を獲得するのに泣いて闘ってくれました。彼女の存在がなかったら、日本女性はどうなっていたのか……。

来日すると憲法の話ばかりが中心になってしまいますが、一九九二年までアジア・ソサエティ、ジャパン・ソサエティの芸能部門のディレクターをつとめるなど、アジアとの文化交流の活動をされ、とても幅広いです。ベアテさんの自著『1945年のクリスマス——日本国憲法に「男女平等」を書いた女性の自伝』（柏書房）にくわしく書かれています。

今度こそ、NYでお会いしたいなと思っています。

＊

両親

〝保守的〟なお考えをお持ちの両親へ

以下、私の思っていることです。

今までも再三、言ってきたつもりですが、おわかりのようでないのでお伝えします。

まず、親の考えている幸せが子どもの幸せだと思われるのはまっぴらごめんです。なぜ、親が〝淋しい〟から、私が結婚して子どもまで産まないといけないのでしょう。親のためですか？　それこそ、強制です。私は親の従属物ではありません。いわれるとおり、結婚して子どもを産んだとしてもどれくらいの責任をとってくれるのでしょう。私より長生きしてくれますか？　私の子どもより長生きできますか？　本当によけいなおせっかいです。私が結婚しようがしまいが、子どもを持とうが持たないが、親や兄、まして他人と何の関係があるのでしょう。そして、他人の子どもが母になっているからといって、比較して、悲しんだりするほどのことでしょうか。結婚して、子どもをうまないと一人前でないというバカバカし

＊

い思想を持っていることはとても残念でなりません。そして、私が母になることをどうしてもお望みなら、「仕事をよくやっている」といったことは金輪際、二度といわないでほしいと思います。

お正月にも似たようなことがありました。その延長でここまでいわざるを得ないとも思っています。××のおばさんの前で、「(皇太子妃)雅子さんは、よう子どもを産まんからつまらんのう」と言ったことを覚えていますか？　その侮辱している態度に、情けなく、殴りたいほどの気持ちでした。私は「そういうことはいうものではない」といいましたが、それに対して、「本当のことだ」といった態度でした。お酒が入っていたといいわけでもしますか？　無意識だったとすまされることではありません。おそらく子どもをもった自分たちの方がえらいとでも思っているのでしょう。

そういう思想を持っている人に限って、私が結婚するとなるといろいろと詮索することでしょう。ほんとうにまっぴらです。これからも私がだれとつきあっているかといったことも一切伝えないようにします。なにが理想ですか？　それは私のことを本当に思ってのことですか？　その理想とは親の願望だけはありませんか？　本当に私のことを考えているのなら、〝淋しい〟という発言は出てこないはずです。孫が抱きたいのなら、望みはかなっているはずです。私がひとりで生きていくと決めたとしたら、それは私が責任をとることであって、だれからも詮索されたり、心配されたりすることではありません。「年をとって子どもがいないと淋しいわよ」というのは欺瞞です。子どもがいても淋しいことはあるし、そうでないこともある。子どもが親の面倒をみてくれるという100％の確約がどこにあるでしょうか。人の生き方はそれぞれで、一様ではありません。責任もとれないのに、「人並み」を押しつけることこそ傲慢そのものです。

「やっぱり、どこの親も一緒ね」というのが私の正直な感想です。そして、子どもは親を選べませんが、私がもし親になることがあったとしても、絶対子どもに自分の人生をあずけるようなことはしないと固く誓いました。反面教師に感謝します。今までのふたりの言動から、以上の疑心はずーっと思っていたことです。それを確信しました。

私は結婚しないとはいっていません。するかもしれないし、しないかもしれない。ただ、ここで繰り返し宣言しておきますが、差別の根源である戸籍制度に基づいた婚姻制度には異を唱えていますから、結婚といっても籍をいれるつもりは毛頭ありません。その制度に反対する下では子どもを産んだとしても、現法律では非嫡出子として育てることになると思います。差別に対する一行動です。私の意志です。私の生き方です。そのことも親からとやかくいわれることではありません。みっともないとか、なんでそういう子どもに育ててしまったのかと考えるかもしれませんが、その必要はまったくありません。そういう娘に育ってしまったとあきらめてください。その際には見捨てていただいても結構です。

もうひとつ、はっきり言っておきたいことがあります。私が病気をしたから「結婚できないんだ」といった、障害者でもみるような〃おかわいそう〃的な発想も、もういいかげんにしてほしいです。それこそ、私をバカにしている当事者であり、私を傷つけるいちばんの加害者であることをいっておきます。

かなりきついことを言っているかもしれませんが、いわなくてはいけない日がくるとは思っていました。それがたまたま今日だったということです。これで私の考えが伝わらないのであれば、あきらめるしかありません。意見の相違ということになるでしょう。ただし、「わかった」という表面的な態度で今後も同じようなことが繰り返されるのであれば、冷たい人間になるしかないと思っています。いずれにしても、自分の生き方をかえるつもりはありません。

以上。

1997年3月23日（日）

この手紙はだれに見せてもいっこうに構いません。

＊

これってどんな手紙

親の元を離れて過ごしはじめた大学時代から、手紙やハガキを両親に書き続けてきました。父が小学校のPTAの仲間と会って、わたしの同級生たちが結婚して子どもを持って幸せそうにしている話を聞いたのでしょう。孫の話などして「なんだか、父さん、寂しい」と酔った勢いで電話してきました。それを受けてすぐにFAXで送った手紙です。かなり、わたしがカッカと怒っているのが見えます。天皇制とは別の意味で怒っています。

わたしも、その当時、いろいろ考えることがあって、カチンときたのだと思います。「親をなんだと思っている」と思う人もいるはず。でも、身近な人にも言うべきことは言えずにどうなるのかなとも思っていますし、与えられた家族でも、わたしはいつもこんな感じで過ごしてきました。「……登志子さんの考えがよく解りました。私達はもうなにもいいませんから自分の考えどうり生活していって下さい。……何といっても親と子です。困ったことがあれば相談して下さい。」という手紙をもらいました。金曜日で感じた生き方の紹介にもなりますが、近い人にあてたものは厳しい手紙を選びました。この思いも、両親はわかってくれるはず。

**

わたしが見た両親

伊田広行さんに当てた手紙にもあるように、わたしの個性はやはり、両親（厳格ななかに優しさを持つ父、〝天然〟ななかに優しさを持つ母）を含めた環境のなかでつくられたと思っています。わたしらしさをつぶさないように、わたしの生き方を認めて応援してくれている父と母を見て、愛されて育ったと思っています。これは何ごとにもかえられないことです。

今では父とはメル友。孫（わたしからは甥と姪）の話、岩国の基地のことなど、日々あったことを徒然なるまま交換しています。文章うまいです。母は現役の看護婦。母とはぬか漬けがどうだとか、安売りで砂糖を何袋も買って金持ちになった気分だとか、電話でたわいもない話を繰り返しています。趣味ではじめたカメラで、ここ数年、両親の写真を撮り続けています。金曜日をやめることは、秋に一緒に行った飛騨高山で伝えました。

いろいろ

＊

立花隆さま〈ノンフィクション作家〉

謹んで一筆申し上げます。

過日は『週刊金曜日』の原稿にご協力いただきましてありがたく存じます。

その際、私のミスで多大なるご迷惑をおかけし、誠に申し訳ございません。一切、私、当方の責任でございます。幾重にもお詫びいたします。

別紙の原稿を第四号にて訂正文として掲載致します。

これでお怒りが収まるものとは存じませんが、何卒、ご赦免くだされたく、書面にて深謝申し上げます。

かしこ

一九九三年十一月十八日

＊

＊

これってどんな手紙？

入社直後のわたしのミスで、『週刊金曜日』で最初に書いた詫び状になります。立花隆事務所の秘書の方から一九九三年十一月十九日、ＦＡＸにて以下の文が送信されてきました。〈「訂正文」を拝見いたしましたが、お書きいただいた内容では立花の意向が伝わらないと申しまして、自身で書きましたのでご送付いたします。別紙を訂正文として掲載いただきますようお願いいたします。ご不明の点がございましたらご連絡ください。〉

〈創刊二号の「椿氏証人喚問をどう思うか」のうち、立花隆「心の中は裁けない」（三九ページ）は、同氏より、「放送時のコメントをそのまま収録したものであり、一切の加筆、修正を加えたものではないことを明記すること」を条件に掲載を許されたものです。しかし、その旨を明記しなかったばかりか、逆に、記事の末尾に「各氏にそれぞれ加筆、訂正していただいた」と注記してしまいました。

これは編集部の誤りでした。立花氏にご迷惑をおかけしたことをお詫びします。

なお、同氏のコメントの最終行「絶対におかしいと追うわけです」は、「絶対におかしいと思うわけです」の誤植です。あわせてここに訂正いたします。〉

立花さん自筆の訂正文が送られてきました。それが『週刊金曜日』第四号（一九九三年十一月二十六日号）奥付の欄に「お詫び」（編集部）としてそのまま掲載されています。わたしが送った「訂正文」がどうしても出てきませんが、よほどひどかったのでしょう。登場していただいた方のなかで立花さんのみ加筆、訂正はなかったわけですから、これはまったくのわたしの恥ずかしいミスです。

前略

先日は本当に申し訳ありませんでした。

お詫びの申し上げようもない次第です。

編集者としては半人前、全くいたらぬ私ですが、どうか今後ともよろしくお願いいたします。

取り急ぎお詫びまで。

草々

一九九三年一一月二五日（木）

＊

これってどんな手紙？

立花さんにあてて書いた二通目の詫び状になります。自分で書いた詫び状を和多田さん（当時編集長）に見せたところ、「詫びになっていない」と赤字を入れられて送った手紙です。「編集者としては半人前、全くいたらぬ私ですが」は和多田さんの添削です。いまだと、もう少し違ったお詫び状を書くと思います。

＊＊＊

お詫びの手紙

お詫びの手紙は、相沢一正さん、稲田しげるさん、永六輔さん、小田実さん、佐高信さん、下谷二助さん、高田宏さん、外村晶さん……思い出せないくらい何通も書いてきました。

＊

上祐史浩さま〈宗教団体・アレフ役員（旧法人問題担当）、マイトレーヤ元正大師〉

はじめまして。『週刊金曜日』の山中です。わたしは編集者ですが、伝えたいことがあればインタビューしたり、記事も時折、書いたりもしています。このたびは、取材の申し込みをお引き受けいただき、ありがとうございました。以下、お目にかかったときにお聞きしたいことなどをお伝えします。質問1、質問2・・・といったように、お聞きしたいことを箇条書きにするのではなく、わたしの思いを書いていきます。とりとめもなくなりそうですが、そこから感じていただければ幸いです。

わたしは、上祐さんとは世代的に少しだけ下ですが、いわゆる「オウム世代」のひとりだと思っています。たとえば、本誌で「座談会〝オウム世代〟が語るオウム　似て非なるもの新々宗教とオタクとピースボート」という企画をやったこともあります。高度管理・消費社会のなかで、わたし自身、この閉塞した、わたしの個性をつぶそうとする社会にたいへん息苦しさを感じて生きてきました（いまも現在進行形です）。いまは、たまたま出合った『週刊金曜日』で1表現者として声をあげ、異議申し立てをしています。「声にならない声」「声

＊

ことになりにくい声」を届けようと表現してきました。「人権」問題にはとかくこだわっています。日々、私憤で生きているところがあります。

オウムについていえば、家を捨て、世の中を否定した価値観のなかで生きることに「魅力」を感じることもあるだろうと思っていました。出家は異議申し立てのあらわれかなと見てきました。これはみなさんに当てはまると思いませんが、そこに興味があり、自分に近づけてみたことがあります。これはオウムというのではなく、わたしの場合、家族を捨てるほどでもなかったということ、もともと組織が苦手だったということなどもあって相容れるものがなかったともいえますが、それでも「居場所」とは何かを突きつけられたのがオウムだったと思っています。わたしは、オウムの教義についてそれほど明るいほうではありませんが、最近でいえば、先だって本誌で村岡代表と河野義行さんが対話された記事を掲載した際、村岡さんが「個の完成をするまで純粋培養させてあげたい」といった旨のことをおっしゃっていました。「個」の自立もわたしのテーマのひとつなので、考えさせられた瞬間です。

その一方で、気になることもあります。日本の宗教団体は必ずミニ天皇制になっていきます。組織もそういった面を抱えています。それは男性優位という面もたぶんにあり、これもわたしの息苦しさのひとつです。オウムは、天皇を退位させ苗字まで用意していたとも聞きます。過去、そんなことを考えた集団はなかったのではないでしょうか？　反面、世襲制に見えますし、オウム自身、ミニ天皇制にはまってしまったのではないかと思っています。神仙の会のときは、それほど縦割りではなかったと思われます。よくわかりせんが、87年に出家されている上祐さんにそのところもお聞きしたいです。

とにかく、1999年はひどい年だったと思っています。わたしが信頼する弁護士のひとり、麻原被告の国選主任弁護人だった安田好弘弁護士が98年末に強制執行妨害容疑で逮捕されたことでも感じました。10カ月もの間、安田さんは釈放されず、ついにここまできたのかと思いました。オウムに破防法を適用できなかったこと、麻原被告の裁判が思い通りに進行していないことなどが起因しているのでしょう。権力は何でもできるのです。マスコミも安田さんのことを「悪徳弁護士」と書き立てました。きちんと取材すれば、わかることなのに、それもしませんでした。日本では売れれば、書き得でしかありません。書かれる側の人権なんてまだまだ考えられていませんし、みんなで平気でふくろ叩きにしますから、まさに「いじめ」の構造だと思います。安田さん逮捕はほんの序章だったと今、振り返って思います。盗聴法、新ガイドライン、国歌・国旗法、そして団体規制法・・・このくにの「暴走」もさながら、それに無関心でいる国民にも情けない思いをしてきました。盗聴法のときに権力側は「盗聴法」はバツが悪いのもあってマスコミに「盗聴法」と言わせたくなかったのに、団体規制法をオウム新法ということにはふれなかったこと（逆に積極的だった）にしても、都合のいいように使われているということをマスコミがまず、気づき、監視しなければいけないのにそうはなっていません。

上祐さんが出所されるためにつくられた団体規制法。この国を動かしてしまったすごい「存在」だなと思っています。そんな国に住んでいることに違和感を持った人がどのくらいいたでしょうか？　12月29日の日本列島・パパラッチ騒動には頭を抱え込み（終日、テレビでウオッチしていました）、マスコミという権力が果たす役割の怖さを感じた1日でした。

上祐さんと家族の面会（接見禁止）の件については国際的に認められた権利ですが、マヒしまくっていることになり、このていどの国だということにしかなりません。たしかに理不尽なことを法で闘うといっても、この有様です。それすら認められないのはどういうことか、そういうことに敏感になるわたしがいます。野田さんの件（第一勧銀が口座を開設させなかった件）もどうだったのか、知りたいところです。

先だっての記者会見で、解散しても補償しても何をしても何か言われるということをおっしゃっていましたが、そのことが現社会を象徴しているでしょう。「施設から出て行け！」といったとき、「どこに」ということを言わず、自分本位なことを平気で言うことはいつもながらのこと。豊島区で昨年、荒木さんがみんなに囲まれたとき、「どこに帰れというのですか？」とおっしゃったとき、じ〜んときてしまいました。

上祐さんは、逮捕される直前、95年の時点で「麻原を切ります。オウムの名前をなくし、サークルにする」とおっしゃっていたと聞きますが、そうであれば今回の考えと変化なかったことだと思われます。また、麻原氏を絶対とするのであれば、正大師を自ら返上するというのはおかしいのではないかと単純にわたしは思いましたが、いまの心境としてはいかがなのでしょうか？（何にしても「新法逃れだ」ということになるのでしょうが……）。オウム（アレフ）に戻られたのは、なぜかということも気になります。そして、横山弁護士がかつて、「麻原氏が上祐を切れ」といったようなことを記事に書かれたことがありましたが、そのあたりの関係もお聞きしたいです。

それにしてもオウムの名のもと、何をやっても何を言っても許されてきました。もちろんわたし自身、事件のことを抜きにして語ることができません。しかし、一方でいわゆる「正義の味方」面をする人がどうも気になってしまうのです。国家権力ももちろんそうですが、どうもなんかの「臭い」を感じる、これは性分のようです。特に捜査当局、公安当局の一方的な話を鵜呑みにし、一方的にタレ流すマスコミ人たち（ジャーナリストと呼びたくありません）の害毒。特にテレビメディアは困りものです。使いやすい人たちを使っているメディア。自戒も込めて、メディアにいる者がもう少し、しっかりしなければという思いを、オウム（アレフ）報道からも持っています。

ほかにもいろいろとお話したいです。たとえば、「9年間セックスしていません！」発言はいまだに覚えています。好奇な目で見られ憶測がいろいろと飛んだようですが、わたしは違っていて、メディアが恋愛、恋愛を言い過ぎ、恋愛しないのは病気とまでいうような雰囲気、恋愛至上主義（それも異性愛セックス主義）に壁壁していたところもあったので、これには度肝を抜かれました。そういうこともお話できたらなと思っています。
まだまだお聞きしたいこと、こちらから聞いていただきたいことなどなどありますが、とりとめがなくなりそうですので、このへんにしておきます。読んでいただきありがとうございました。近日中にお目にかかれることを楽しみにしております。まずは、早く軟禁状態から解放される空気・社会になりますよう、わたしなりに声をあげていきたいと思っています。今後ともよろしくお願いいたします。

『週刊金曜日』ホームページも、機会があれば見てください。
http://www.jca.ax.apc.org/kinyobi/

2000年2月9日（水）

＊

これってどんな手紙?

メールで送った手紙です。浅野健一さんが「金曜日の山中さんと会ったら」と伝えてくださり、取材を受けていただけることにもなりました。オウム騒動のまっただ中、一九九五年に会う機会を持てそうでしたが、刺殺事件などもあって流れた経過があります。神奈川県警がつきそう横浜の道場で三時間以上お話し、「私と尊師とアレフ」と題して掲載されました。

座談会「〝オウム世代〟が語るオウム」は、佐高信さんにほめていただいた企画です（佐高さんは気になる記事などあると、すぐに編集部に電話をかけて感想を言ってくれました）。

安田好弘弁護士のことが出てきていますが、わたしが金曜日で死刑廃止で行こうと思うようになったのは安田さんの影響をかなり受けています。「これを断ったら自分の刑事弁護の姿勢を否定することになる」と、オウム裁判の松本（麻原）被告の主任弁護人を引き受けました。その安田さんが不当逮捕。国家権力はなんでもありです。逮捕されたとき、直接、面識はなかったですが、何度か裁判にも傍聴に行きました。釈放後にお手紙を出しています。いまも、警察・検察の「でっちあげ」で、弁護士生命を奪われようとしています。闘っています。安田さんを支援する会の連絡先は、TEL044（865）1851。カンパは郵便振替00100―4―119800（安田さんを支援する会）。
▼安田弁護士を支援する社長日記のホームページ　http://www.siri.co.jp/~koyanagi/diary.html

＊＊

わたしが見た上祐史浩さん

インタビューのとき、ときどきニコっとする笑顔が忘れられません。頭のキレる方だと思いました。彼にはいろいろと癒しの部分が必要だろうなとわたしは思いました。その後、彼への興味は薄れていったようです。これはなぜか、はっきりわかりません。まだ、出所して数カ月だったので、いま、またお会いするのと違うのかもしれません。

「広報副部長の伊藤精和さんのことがどうも気になる」と、森達也さんにはしょっちゅう話しています。

＊

遠藤正武さま〈元『朝日新聞』記者〉

前文ごめんください。

はじめまして。

私は『週刊金曜日』の編集者で山中といいます。

遠藤様の書かれた25日付「日曜版　名画日本史」の記事を拝読しました。久々にすてきな記事に出会ったと思い、お手紙を書きたくなりました。私自身、死刑制度に対する考えは揺れながらもここ数年（といっても『週刊金曜日』に在籍するようになってからですが）でやはりおかしいという立場に立ちました。数回、小誌でも企画してきましたが、なかなか思うような形で伝えられなかったのも事実で、いくつかのもどかしさを感じてもいました。こういう伝え方もあるんだということにつきるのですが、とても〝学ぶ〟ことが多くあった記事です。ありがとうございます。これからも記事を楽しみにしております。

梅雨の候、どうぞご自愛ください。

＊

草々

二〇〇〇年六月二十八日

＊

これってどんな手紙？

「これはいい！」と思った記事を見つけると、ファンレターを書いてきました。日曜日の朝、ぼーっとしながら新聞を読んでいると、目がぱっちりしました。読んでいたのが『朝日新聞』（六月二十五日付）日曜版の「名画日本史」の「平治物語絵巻」（重要文化財、十三世紀）の紹介記事です。〈無死刑の哲学　今は忘れられ〉〈……かつて、三世紀半もの間、死刑を廃止した日本が、「最後の死刑国」になるのだろうか〉とあります。いわゆる「先進国」の中で、国として死刑を執行しているのは日本だけであることや、絶対終身刑の意見も紹介されています。十二世紀に死刑を復活させ自らも首を斬られた藤原信西のことを読み（絵では信西の首がなぎなたにくくりつけられています）、「訪ねる」に紹介されていた京都府・宇治田原町の信西塚にも行ってきました。真正面から「死刑制度廃止」というのではなく、「信西、悔やんでいるかもしれぬ」といった伝え方があるんだ、死刑制度を考える企画としてピカイチだと思いました。ぜひ、縮刷版でもいいので読んでみてください。わたしも、こういうふうな記事が書けるようになりたいです。

〈文　遠藤正武　写真　大塚努〉とありました。そのとき、遠藤さんがどんな方かも知らずに朝日新聞社あてに手紙を出しました。すると、お返事と一緒に近著『再会――センチュリー・ランナー　世紀を駆け抜けた人たち』(コスモヒルズ)をいただきました。お会いしたいと思いつつ、実現していません。本の感想もお伝えしていません。この本を持って、会いに行きたいとも思っています。

一九九九年に朝日新聞を退社され、現在は東海大学講師など。東大野球部で六大学野球の打撃ベスト10に入ったこともある野球好き。『朝日新聞』ロサンゼルス支局長、『アエラ』副編集長などをされた方です。これはあとから知りました。

＊

奥山公道さま〈「参宮橋アイクリニック五反田」院長〉

ファクスにて失礼します。

お電話いただいていたのにご連絡が遅くなりました。

大阪に取材で行ったりしていて、家をあけていました。

また、今日から7日までソウルに行きます。今枝さんたちと一緒です。きっとハードな日々になることでしょう。

今年はロシア行きまではよかったのですが、その後、とんだハプニングで予定がまったく狂ってしまいました。とにかくほかにもいろんなことがありすぎました。やっぱり厄年かもしれません。本格復帰して1カ月になりますが、やるべきことがいろいろとありすぎていまの時点で身動きがとれないのが正直なところです。体がひとつではとても足りません。会社員として暮らしている以上、どうしようもないこともあります。でも、忘れてはいません。近眼手術をめぐるおかしな状況については、私がぜったいにルポとして追及したいのです。私の視線・視点できちんとまとめあげたいのです。奥山先生の思いもぜったいに伝えていき

＊

ます。年末には時間的に余裕が出てくると思っています。お正月にでも資料など読みこみ、今年の厄はすべて落としたうえで来年に望みたいと思っています。お願いなのですが、資料などをお借りできればと思っています。いずれにしてもソウルから帰国したら、ご連絡します。

年末・年始は、ロシアなどに行かれますか？

体調はまあまあで、年末に検査を受けます。年明けに検査結果が出ると思いますので、そのときにでも近眼手術のことは聞いてみますが、たぶん「それは眼科に聞きなさい」とでも言われるかもしれません。××の眼科もあまりよくないのではないでしょうか。

「近眼手術を受けたい」といっているわたしの友人がいます。弟さんも受けているそうです。たぶん奥山先生のところだと思います。今度、彼女が東京にきたときに一緒に行きます（大阪の人です）。もちろん予約していきます。

1998年12月3日（木）

＊

これってどんな手紙？

船瀬俊介さん、今枝弘一さんも近視手術を奥山さんから受けています。「わたしも受けたい！」。でも、受ける限りは一緒に日本の近視手術の状況などをリアルタイムで伝えたいと思いました。ところが、頭の手術をして入院したりして、けっきょく、延び延びになってしまい、その言い訳のお手紙です。ＦＡＸで送っています。

近視手術は、二〇〇〇年三月に右眼、四月に左眼の手術をしました。『週刊金曜日』の「近視手術体験記　さようならメガネ&コンタクト」で報告してきました。近視０・０３が現在、右眼、左眼とも１・０以上。すこぶる快調。現金なものでメガネをかけていたことなんてすっかり忘れています。いろいろ手術はあるけれど、美容整形はおくとして、元の状態よりよくなる手術は近視手術くらいではないでしょうか。

＊＊

わたしが見た奥山公道さん

近視手術ではパイオニアの奥山さんは、近視手術を日本に上陸させたくなかった眼科医たちからいろいろといじめられてきました。やはり、異質を嫌がる構造が日本ではあるという例です。ご本人も「日本の眼科医たちは患者のことを考えていない」とカッカしているけれど、雰囲気的に怒っているようには見えないところがあります。だから、まわりで見ているほうがイライラしてしまうほどです。

一九九八年三月、ロシアに行きました。奥山さんも学んだモスクワのフィヨドロフ研究所（モスクワ顕微手術眼科研究所）にご一緒し、世界トップの業績を誇るその研究所でいろんな方と出会いました。いかに、日本の考えが狭いことかもわかり、また、日本には民主主義がないとも思いました。モスクワでは本場のバレエも観ることができ、とてもリフレッシュできた三週間あまりの旅でした。サンクトペテルブルグでは奥山さんの親戚の方のお宅におじゃまし、また、エルミタージュ美術館をはじめ市内を案内してもらいました。また、ぜひ、ゆっくりと訪れたい街です。
▼参宮橋アイクリニック五反田ホームページ　http://www.asahi-net.or.jp/~jq2k-okym/index1.html

＊

木村暢恵さま〈現代人文社編集者〉

こんにちは。ご無沙汰しています。

2月に少しだけお話しした企画の件でご連絡します。

ここ数年、編集者としての私が出会った人たちへ出した手紙を「編集者からの手紙」としてまとめたくなりました。出版ありきで考えていなかったので、手元にあるものになります。

最近はパソコンに残っていたりしますので、かなりあるかと思います。メールまでひろげると多くなるでしょう。

出した相手を見ていただければ、かなり個性のある方も多いかと思います。

これは、ぜひ、編集者にも読んでもらいたいですし、あと、自分の記録にしておきたい意味もあります。

返事もあるものもありますが、もちろん本人の許可があればいいかと思いますが、どちらかといえばどんな返事がきたかは想像してもらいたい、また、こちらはわたしのなかでとっ

＊

ておきたいというのもあります。

手紙以外に、わたしとその方との出会いなども記したいと思います。

簡単な説明ですが、ご検討いただければと思います。

人の名前はまだ忘れている方がいると思いますが、現在、思い出す限りあげておきます。

このなかからしぼっていきたいと思います。好きな人ばかりではありません。（敬称略）

岩城宏之　上祐史浩　本多勝一　井上ひさし　石坂啓　伊田広行　今枝弘一　沖浦和光　立花隆　野村沙知代　福島菊次郎　三浦友和　三浦和義　落合恵子　荻野晃也　宅八郎　キム・ミョンガン「買ってはいけない」著者　企業関連　官庁関連　『週刊金曜日』読者関連（問い合わせ・トラブル・謝罪など）市民運動　社内関連　両親　奥山公道　森達也　浅野健一　石川一雄　安田好浩　ほか、いろいろ

2000　5　22

＊

これってどんな手紙？

浅野健一さんと野村沙知代さんの対談をしたのが、二〇〇〇年二月十六日。終了後、浅野さんと現代人文社の木村暢恵さん（浅野健一さんの大学の教え子）たちと一緒に飲みに行きました。そのとき、少しだけこの「編集者からの手紙」の話が出ました。それから三カ月して送ったメールです。その後、企画書と『週刊金曜日』の編集者としてわたしが出した何通かの手紙を見てもらいました。これらの手紙を通して、編集者として金曜日でやってきたこと、わたしのこだわり、手紙での〝学び〟、郵便・手書き・ワープロ・ＦＡＸ・メールの違い、大事にしたいものとは何かについてまとめてみたいことを伝えました。そして、今回の出版になりました。

数年前、ある人に編集者としていろんな手紙を出してきた話（特に井上ひさしさんに出し続けた手紙のことなど）をしたところ、「それをまとめたらおもしろい」と言われました。自分のこれまでを整理する意味でも、何らかの形にしておきたいと思うようになりました。『週刊金曜日』にさよならすることを決めてからこれらの手紙を改めて読み返してみると、わたしが八年間、金曜日でこだわってきたことが見えてくると感じています。

紹介できるものは、コピーするなどしてわたしの手元にあった手紙、パソコンやメールなどデータで残っている手紙になります。載せたいと思っても泣く泣く割愛せざるを得なかったもの、探してもどうしても出てこなかったものなどたくさん、たくさんあります。原文ママなので誤字脱字もちらほら見えますが、そのまま掲載しました。

＊　泣く泣く載せられなかった手紙

朝倉ふみさま　安彦真理絵さま　天笠啓祐さま　荒木浩さま　有田芳生さま　アンドリュー・ジェニングスさま　いしかわじゅんさま　石川貞二さま　石毛直道さま　茨木のり子さま　植村振作さま　江口圭一さま　遠藤誠さま　大泉実成さま　岡田理さま　岡部恒治さま　奥平康弘さま　小澤王春さま　小野和子さま　小野清美さま　亀井淳さま　河田昌東さま　川田龍平さま　加納実紀代さま　神山美智子さま　黒田洋一郎さま　河原理子さま　五島昌子さま　榊原富士子さま　坂下栄さま　佐藤文明さま　清水ちなみさま　下村健一さま　寿岳章子さま　末廣芳美さま　袖井孝子さま　高橋りりすさま　多田実さま　田所竹彦さま　田中真紀子さま　田中稔さま　谷口和憲さま　田沼肇さま　長新太さま　つげ義春さま　鶴田桃江さま　鳥山拡さま　中川喜与志さま　中森明菜さま　中山武敏さま　西村豊さま　灰谷健次郎さま　パク・キョンナムさま　林順治さま　林克明さま　藤井誠二さま　藤木高嶺さま　ふじたあさやさま　藤原彰さま　藤原信さま　古沢希代子さま　別処珠樹さま　本田雅和さま　松沢呉一さま　松重美人さま　丸本百合子さま　宮田秀明さま　宮台真司さま　森村誠一さま　安田聡さま　薮下彰治朗さま　山崎朋子さま　渡辺文学さま　『買ってはいけない』企業広報部御中　監督官庁御中　『週刊金曜日』読者のみなさま　市民運動関連…

……そのほかのみなさん。

●手紙という形ではなく、本文中で何人もの方の名前が登場していますが、その人たちにも手紙を出してきました。ここであげたのはそれ以外の方になります。あとから、「あっ！」と思い出す人も出てくるかもしれません。

＊ 書きたい&出そうと思いながら、いまだに書いていない手紙

白土三平さま　野中広務さま　三國連太郎さま　水上勉さま　宮本亜門さま　ラルフ・ネーダーさま　レニ・リーフェンシュタールさま………そのほかのみなさん。

●手紙の宛名とわたしの署名（山中登志子）は省略しました。
●手紙本文中、一部、名前をふせた箇所があります。

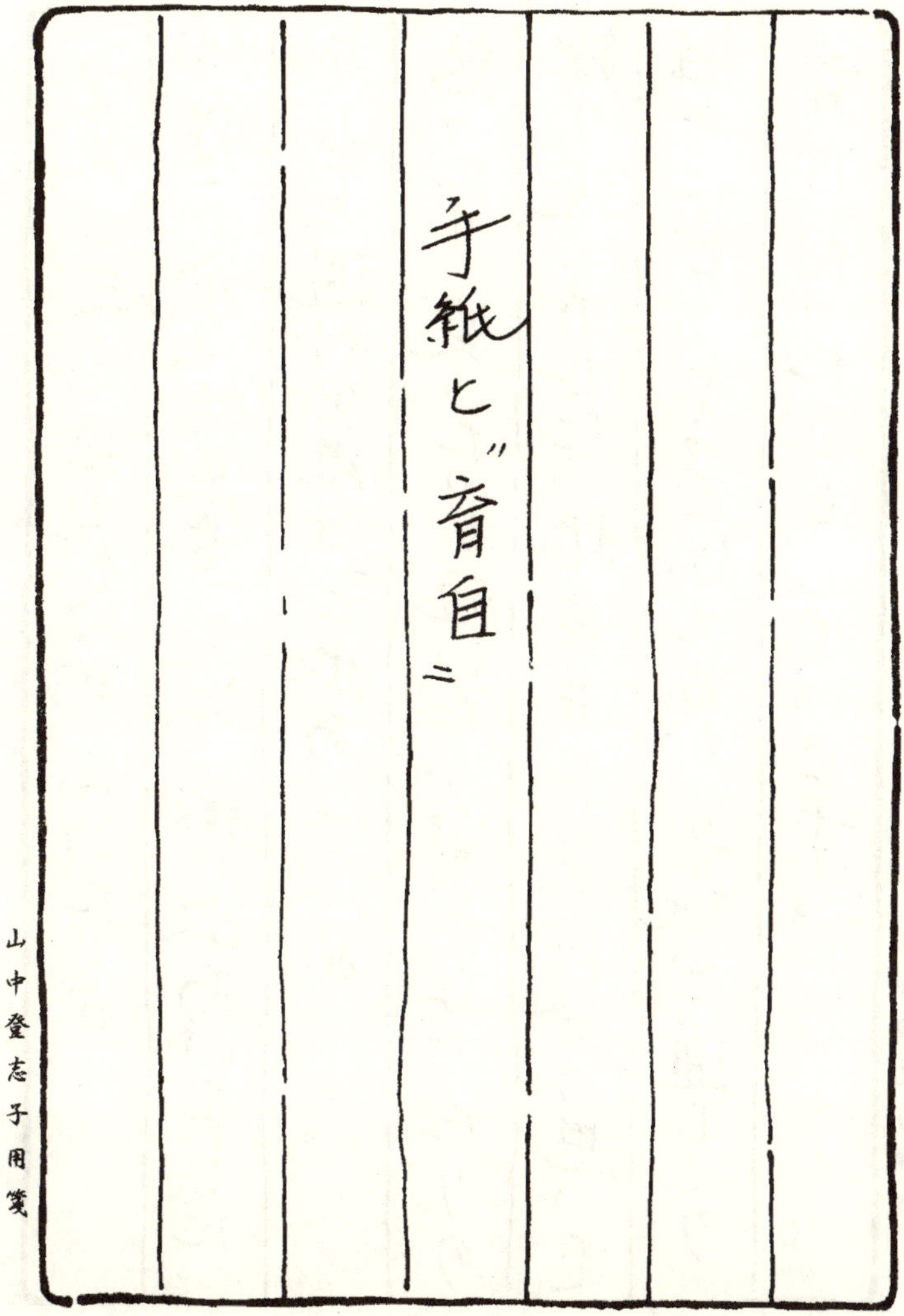
手紙と"育自"

山中登志子用箋

マスコミ志望でもなかったわたしが
ひょんなことから「編集者」という職に出あいました。
そして『週刊金曜日』と出あって八年――。
怒ったり、笑ったり、泣いたり、また怒ったりの
繰り返しでした。編集者として自分の思いを
相手にどうやって伝えるか、手紙を通しての
"育自"だった気もしています。

山中登志子用箋

中学校のとき、毎日といっていいほど手紙を書いて
過ごしていました。気に入った封筒や便せんを
見つけ、筆記用具にもこだわっていましたが、
これはいまもかわっていません。
編集者になってからも手紙を書き続けてきました。
「元気で大きな字」と何度か言われたことがあります。
電話、ファクス、Eメールなど気持ちを伝える手段は

山中登志子用箋

いろいろありますが、封書にこだわりたい。
これからもできるだけ直筆で手紙を
書き続けていきたいと思っています。
創刊直後からずっとわがままに表現し続けて
きました。井上ひさしさんを追っかけ、本多勝一さんに
笑い、落合恵子さんから影響を受けたり……。
今回、ご紹介できなかった人たちからもたくさんの

山中登志子用箋

ことを学びました。八年間の出会いのなかで
駆け抜けた日々だったとも思っています。
何かにこだわっている人が大好きで
そして自分のことばをもって生きている人に
惹かれてきました。これは今後もかわらないでしょう。
この八年間、これからの生き方についての宿題を
たくさんもらいました。まだ出していない答案用紙も

山中登志子用箋

あります。出すことができなかった答案用紙もあります。時間がかかっても遅れても出したいと思っているものもあります。
わたしのなかでいつも大切にしている茨木のり子さんの詩があります。「自分の感受性くらい」というすてきな詩です。折にふれてこの詩を思い出しながら過ごしてきました。

山中登志子用箋

自分の感受性くらい　茨木のり子

ぱさぱさに乾いてゆく心を
ひとのせいにはするな
みずから水やりを怠っておいて
気難かしくなってきたのを
友人のせいにはするな
しなやかさを失ったのはどちらなのか
苛立つのを
近親のせいにはするな
なにもかも下手だったのはわたくし

山中登志子用箋

初心消えかかるのを
暮しのせいにはするな
そもそもがひよわな志にすぎなかった

駄目なことの一切を
時代のせいにはするな
わずかに光る尊厳の放棄

自分の感受性くらい
自分で守れ
ばかものよ

編集者、また編集者をこれから目指す人たちが

山中登志子用箋

わたしの手紙から何か少しでも
感じてくれることがあればうれしいです。
『週刊金曜日』でのわたしの「八年間」を
読んでいただきありがとうございました。
これからも自分に正直に、そして自分らしく
表現していきます。

二〇〇一年十一月

山中登志子

山中登志子用箋

山中登志子（やまなか・としこ）

基地の街・岩国&丙午生まれ。

「倒れる前のずる休み」も忘れない表現者。

1993年10月20日〜2001年末まで『週刊金曜日』編集者。

プロフィールは、「伊田広行さま」で長々、ふれています。

これからのことは、「本多勝一さま」で少しだけふれています。

趣味は、「岩城宏之さま」で2つほどふれています。

『ケータイ天国　電磁波地獄』『買ってはいけない』『金曜芸能――報道される側の論理』（いずれも『週刊金曜日』編）を企画&編集&一部執筆。

よく読む週刊誌は『週刊金曜日』(http://www1.jca.ax.apc.org/kinyobi/)。

URL http://www.t-yamanaka.com/　近日、オープン（予定)。

この本の感想などは、
メールはt-yamanaka@myad.jp　郵便は「現代人文社気付」まで。

＊

編集者からの手紙――『週刊金曜日』と８年
2001年12月21日　第1版第1刷

著　　者　山中登志子
発 行 人　成澤壽信
編 集 人　木村暢恵
発 行 所　(株)現代人文社
〒160-0016東京都新宿区信濃町20佐藤ビル201
電話03-5379-0307（代表）　FAX03-5379-5388
E-mail genjin@genjin.jp（代表）hanbai@genjin.jp（販売）
URL http://www.genjin.jp
郵便振替　00130-3-52366
発 売 元　（株）大学図書
印刷・製本　（株）シナノ

落丁・乱丁本はお取り替えいたします
ISBN4-87798-069-5 C0036